甘いだけの幸福な時間に、ただ酔いしれる。
「ふぅ……。あ、……ひらいさん、これ、もっと……」
平井の鼻に頬をすり寄せ、春希は甘えた。

JN264360

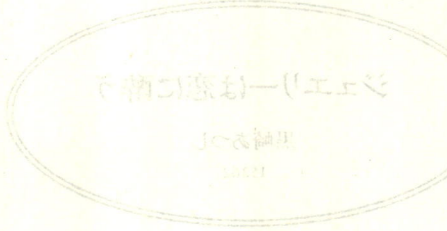

Contents

口絵・本文イラスト／明神　翼

ジュエリーは恋に酔う

1

「え？　私が同行していいんですか？」

部下の女性に聞き返され、光原春希《みつはらはるき》は「はい、是非《ぜひ》」と、深く頷《うなず》いた。

「不馴《ふな》れな私が行くより、普段《ふだん》からお供している君が同行したほうが、常務も安心して会談に向かえると思うんです」

春希の言葉に、部下は苦笑《くしよう》とも愛想《あいそ》笑いともつかない、なにやら奇妙《きみよう》な顔をする。

「……えっと。なにか、問題でも？」

「いえ、大丈夫《だいじようぶ》です」

お任せください、と一礼して、きびきびと自分のデスクに戻《もど》って行く有能そうな部下の背中を見送りながら、春希はこっそりため息をつく。

(仕事をさぼったって思われたかな？)

諸事情から東条《とうじよう》電機グループ本社の秘書室に引き抜《ぬ》かれ、弱冠《じやつかん》二十五歳という若さで、いきなり室長の椅子《いす》に座らされて一ヶ月。

決して能力の高さを買われて引き抜かれたわけではなく、秘書室などとは関《かか》わりのない部署で働いていたから、覚える必要のあることが多すぎて日々戸惑《とまど》うことばかりだ。

定年退職した前任の室長はかなりアクティブな人物だったらしく、秘書室の統括《とうかつ》だけじゃ飽《あ》きたらず、大きなパーティーや会談などのイベントごとがあると、自ら率先《そっせん》して役員達に同行していたらしいが、春希にはとてもじゃないが真似《まね》できない。

以前勤めていた東条電機グループの子会社では、やっぱり諸事情あって自分で好きな部署を選んでもいい特殊《とくしゅ》な立場だったが、営業等の花形部署じゃなく、地味で地道な在庫管理の仕事を自分で選んだぐらいだ。

上昇《じょうしょう》志向はまったくないし、人づき合いが苦手で友達すらいないような内向的な自分には、ひとりでコツコツやる仕事のほうが向いている。

だから正直言って、本社の秘書室の室長なんて地位は、春希にとっては重いだけ。

諸々《もろもろ》のスケジュール管理や雑務などのデスクワークは、この一ヶ月でなんとかこなせるまでになったが、役員達に秘書として同行するようなアクティブさは持ち合わせてはいない。

(秘書なんて、俺には絶対向いてないのに……)

この地位に引き抜いてくれた人物とは、もう十年以上のつき合いがあるのだが、どうやらいまだに春希の実像がわかっていないようだ。なんにせよ、自分には向いてないとわかっていても、ちゃんと断り切れなかった自分が一番悪いのだが……。

「室長、少々よろしいですか?」

「はいっ!」

物思いに沈《しず》み込み、軽く落ち込んでいた春希は、いきなり真横からボソッと低い声で話しかけられて、ビクッとした。

「な、なんでしょうか？」

慌《あわ》てて顔を上げると、室長補佐《ほさ》の三池《みいけ》が立っていて、慌てる春希を面白《おもしろ》そうに眺《なが》めている。

「社内報の最終稿《さいしゅうこう》が上がって来たので、明日までにチェックをお願いします」

「はい。……三池さん。これ、どこまでチェックすればいいものなんでしょう？」

「文字校正や内容の細かなチェックなどは既《すで》に終わっていますので、軽く目を通す程度で。それでも万が一、間違《まちが》いや情報漏洩《ろうえい》に当たりそうな部分がありましたら赤字をお願いします」

「わかりました」

ハンコを押すからには責任があるし、とりあえずきちんと目を通そう。

春希がそう決意しつつ受け取った紙束をめくっていると、頭上で小さく笑う気配がした。

「室長は真面目《まじめ》ですね」

三池が少し砕《くだ》けた口調で言う。

「前任者は、タイトルだけ眺めてハンコを押してましたよ」

「そうですか……。部下の皆《みな》さんをとても信用してらっしゃったんですね」

長年一緒《いっしょ》に仕事してきた間柄《あいだがら》だからこそできることだろう。

春希が感心していると、三池は持っていたファイルで口元を隠《かく》しながらクククッと笑う。

春希には、なぜこのタイミングで三池が笑うのかわからなかった。

「三池さん？」

首を傾《かし》げると、「失礼」と三池がわざとらしい咳払《せきばら》いをする。

「まあ、確かにそうですね。とても信用してくださってましたよ。……とてもね。――室長も頑張《がんば》ってください。期待していますから」

わざと屈《かが》み込んで春希の目を覗《のぞ》き込み、に～っこりと微笑《ほほえ》みかけると、三池は去って行った。

(……わからない人だ)

四歳年上のこの部下は、気品ある雰囲気《ふんいき》の男前だ。

そのノーブルな外見ゆえに女性とのトラブルが絶えないなどと噂《うわさ》されているが、それ以上に優秀《ゆうしゅう》だからと、自分の専属秘書にしたがる役員からのラブコールも来ているようだ。

だが、彼は室長補佐という立場上、専属は無理だと誘《さそ》いを断り続けているらしい……という話を、春希はこの部署に配属されたばかりの頃《ころ》、秘書室最年長の社員である今野《こんの》という人物からこっそり耳打ちされていた。

なぜこっそりだったのかと言えば、三池が専属秘書を断っているのは、以前から次代の室長の座を狙《ねら》っていたせいで、だからこそ新任室長である春希は足をすくわれないように気をつけなければならない、という忠告つきの情報だったせいだ。

それを聞いた春希は、三池には、是非とも頑張って室長の座を狙って欲しいと思ったものだ。

自分みたいな右も左もわからないような新参者より、前任者の時代から室長補佐として働いていた三池のほうが、室長としてふさわしいと思うから。

諸事情あって室長の座に就《つ》いてしまったけれど、本来、春希は権力にはまったく興味がない。

室長なんて地位からは、さっさと転がり落ちてしまいたい。コロリコロコロと転がり着いた隅《すみ》っこで、自分にできることを地道にやっていければそれでいい。それなのに……。

（全然頑張ってくれない）

足をすくうどころか、むしろ三池は親切だ。

本来ならば自分が欲しい地位に就いたはずの春希を煙《けむ》たがりもせず、右も左もわからないのかと馬鹿《ばか》にすることもなく、不馴れな春希がヘマをしないようサポートしながら、根気よく丁《てい》寧《ねい》に仕事を教えてくれている。頑張ってくださいと励《はげ》まされることも多く、春希はなにか話が違うなぁと首を傾げつつも、教えられるまま、せっせと仕事に励んでいる日々だ。

（三池さんこそ、もっと頑張ってくれればいいのに……。そうしてくれたら、俺も助かるし）

などと他力本願なことを考えながらも、春希はとりあえず目の前にある仕事を片づけるべく赤ペンを手に取った。


定時を少しまわったところで、タイムカードを押して秘書室を出る。

「高倉《たかくら》さん、お待たせしました」

エントランスに着くと、ソファに座ってボールペン片手にクロスワードパズルの雑誌を眺めている初老の男性に声をかけた。

「いいえ。私もいま来たところですよ。まだ一問も解けてません」

「あ、じゃあ、それが解けるまで待ちます」

春希の言葉を聞いた高倉は、一瞬《いっしゅん》ぽかんとしたが、すぐにくすっと含《ふく》み笑いする。

「とんでもない。春希さんをお待たせしては、私が旦那《だんな》様に叱《しか》られてしまいますよ」

参りましょう、と促《うなが》され、一緒に地下駐車場《ちゅうしゃじょう》へ向かう。

高倉は、春希が中学の頃からお世話になっている人に仕えている運転手で、以前の職場にいたときから、ずっと春希の送迎《そうげい》をしてくれている。自分などのために車を出す必要はないと何度か断ったが、旦那様のご命令ですからとまったく聞き入れてくれない。

だから仕方なく、残業が終わったら連絡《れんらく》しますと嘘《うそ》をついて、何度か自力で帰ってみたのだが、それ以降、高倉は暇潰《ひまつぶ》しの道具持参で会社の出入り口で待つようになってしまった。

頑固《がんこ》な主《あるじ》に信頼《しんらい》されているだけあって、とても真面目な人なのだ。

「今のお仕事は、以前のところと違って残業が少ないようでようございますね」

地下駐車場から地上に出たところで、高倉が親しげに話しかけてきた。

「それがそうでもなくて……」

仕事はあるのに、春希だけが残業させてもらえないのだ。

個人秘書的な仕事をしている部下達は、接待なども含めた重役達の仕事に付き添《そ》うことになるから残業は必至だ。

それ以外の、データ作成などのデスクワークに携《たずさ》わっている部下達は、仕事の波によって定時で帰れたり、終電まで残ったりと、勤務時間にかなり差があるのが現実だった。

以前の仕事柄、春希もデータ管理用のソフトは使えるから、手伝いますと何度も申し出ているのに、どうしたわけかみんなにやんわりとお断りされてしまう。

「俺じゃ、たいした戦力にはなれなくても、少しは早く帰れる手伝いになると思うのに……」

事情を説明して春希がぼやくと、高倉が小さく笑った。

「俺、なにか変なことを言いましたか？」

「いいえ。春希さんらしいと思いまして。──春希さんは、その部署のトップなんでしょう？」

「……一応」

「だから皆さん遠慮《えんりょ》なさるんでしょう。前任者だって、部下達の管理とその仕事のチェックだけに専念して、現場の仕事には手を出さなかったんじゃないんですか？」

「そうみたいです。……でも、前任者の方に比べると俺はまだまだ若造だし、仕事だってちゃんと覚えてないんだから、上司面《づら》なんかできないんです」

春希のぼやきに、高倉は、春希さんらしいとまた笑った。

「そう思ってらっしゃるのなら、諦《あきら》めずにアプローチを続けるといいですよ。そのうち、春希さんが口先だけじゃなく本気で手伝いたいと思ってるって、きっとわかってもらえますよ」

「そうなればいいんですが……」

「大丈夫《だいじょうぶ》です。春希さんは外見がちょっとアレだから誤解されがちですが、一緒に働いているうちに理解してもらえます」

（……外見がアレって……）

心当たりがあるだけに、その表現はのしっと頭に重くのしかかる。

春希は、その頭の重みを振《ふ》り切るように顔を上げ、窓の外に視線をさまよわせた。

「あっ。――高倉さん、停《と》めてください」

何気なく見上げたビルの窓、そのひとつに明かりがついているのを発見して、春希は思わず声をあげた。

車は静かに減速して路肩《ろかた》に停まる。

「どうなさったんです?」

「寄りたい店があるんです」

「どちらへ?」

「そこの、アクセサリーの看板が出ている店に」

春希がリアガラス越《ご》しに指さしたのは、『ジュエリー工房《こうぼう》　hirai』と控《ひか》えめに書かれた看板が掲《かか》げられた、古びた雑居ビルの三階の窓だった。

以前から興味があったのだが、常にブラインドが降りているせいで開店しているかどうかが判断できず、立ち寄るのをためらっていた。

だが、今日は珍《めずら》しくブラインドが開いていて、しかも一瞬だが人影《ひとかげ》も見えた。

「こんな小さな店に行かなくとも、旦那様の出入り業者にお頼《たの》みになればよろしいのでは?」

「小さい店だからいいんです。できれば、あまり大袈裟《おおげさ》にしたくないし……」

ちょっと気まずくて軽く首をすくめると、高倉は苦笑《くしょう》した。

「そうですか……。では、用事が終わるまでここで待っていますよ」

「いえ、どれぐらいかかるかわからないから待ってなくても大丈夫です」

休日に散歩がてら歩いているときに見つけた店だから、ここからならひとりでも帰れる。

春希は高倉をなんとか説得して先に帰ってもらってから、もう一度ビルの窓を見上げる。

（まだ、いる）

やっぱりブラインドは開いたまま、日暮れ時の薄暗《うすくら》がりの中、窓の明かりがさっきよりもはっきりと見て取れる。春希は明かりに誘われるように、ビルへ向かった。

ビルの一階テナントの脇《わき》にあるガラス戸を押し開けて中に入る。

「えっと……」

エントランスは、人がふたりいればいっぱいになってしまいそうな狭《せま》さだ。

左の壁《かべ》には郵便受けが並び、目の前にはエレベーター、右手奥には階段が見える。

（なんか、壊《こわ》れそう）

建物同様にエレベーターも古びていて、乗るのがちょっとためらわれる。

春希は、おそるおそる階段を上がりはじめた。

人とすれ違《ちが》うことすらできなそうな狭い階段を三階まで上ると、踊《おど》り場を挟《はさ》んでドアがひとつ。その奥にも通路があり、いくつか小さな事務所が入っている。

『hirai』と刻印された銅板のプレートが貼《は》ってあるドアには、細長い磨《す》りガラスがはめ込んであったが、中の様子はまったく窺《うかが》えない。

だが道路に面した窓は、間違いなくこのドアの向こうにあるはずだった。

呼び鈴《りん》を探して、キョロキョロと周囲を見渡《みわた》したが、それらしいものはない。

春希は仕方なく、ドアを直接ノックした。

「すみません。どなたかいらっしゃいますか？」

声をかけると、「いるよ」とあっさり男の声で返事が返ってきた。

「鍵《かぎ》開いてるから、どうぞ」

「はい……。失礼します」と、おそるおそるドアを開け、中に入る。

細長い部屋だった。まず最初に目に入ったのはシンプルなソファセット、その奥にカウンター兼用《けんよう》の棚《たな》があり、さらにその奥の仕事場に、声の主らしき青年がいた。

蜻蛉柄《とんぼがら》の手ぬぐいを頭に巻いた青年は、春希に横顔を晒《さら》したまま、一心不乱にシルバーのリングらしきものを磨《みが》いている。

(作業中なのか……)

見渡した限り、室内にはアクセサリー類は一切《いっさい》展示されていない。

店舗《てんぽ》っぽい雰囲気《ふんいき》を想像していたのだが、ここは店舗というよりまるっきり仕事場だった。

応接用のソファセットだけは座り心地《ごこち》のよさそうな高級感ある品だったが、それ以外の棚や仕事場まわりのものは使い込まれた実用的なものばかり。

壁や床《ゆか》にもまったく手を入れていないようで、ビルの古びた外観同様に年季が入っている。

しばらく黙《だま》って待っていたが、男は作業する手を止めるつもりはないようだった。

「あの、いま手が離《はな》せないのなら、また日を改めてお伺《うかが》いしますが？」

気まずくなった春希が話しかけると、「いや、大丈夫」と作業を続けたまま男が答える。

「話ぐらいは聞くよ。——で、なんのセールス？」

「は？　いえ、あの……一応、客なんですが……」

「え、そうだったのか⁉」

そういうことは早く言いなって、と手ぬぐいを取って立ち上がり、男が振り向く。

「……へえ」

春希の顔を見た途端《とたん》、男は大きく目を見開いた。

「こりゃ、凄《すご》いな」

春希の顔に視線を据《す》えたまま、ずいずいと歩み寄ってくる。

「見事に絶妙《ぜつみょう》なバランス」

男は春希のまわりをぐるっとまわって、その顔をじっくりと眺《なが》めはじめた。

(随分《ずいぶん》、あからさまだ)

初対面の相手から顔をマジマジと眺められるのは慣れていたが、ここまで興味深く観察されたのははじめてだ。

(仕方ないか……)

気持ちはわからないでもない。

春希だって、子供の頃《ころ》は、この顔から目を離せなかった。

正確には、この顔のオリジナルである母親の顔だが……。

既《すで》に故人である春希の母親は、二重《ふたえ》の切れ長の瞳《ひとみ》にスッキリとした鼻筋、そして色味の薄い形のいい唇《くちびる》と、まるで人形のように整った顔立ちの、素晴《すば》らしく美しい女性だった。

黒く艶《つや》やかな髪《かみ》は透《す》けるような白い肌《はだ》に映《は》え、長い睫毛《まつげ》が縁取《ふちど》る切れ長の瞳には、春希の目から見てもゾッとするような色香《いろか》があった。

子供の頃から母親似だとは言われていたが、男女差もあるから成長すれば少しは変わるだろうと期待していたのに、高校生になったあたりから春希の顔はより彼女に似てきた。

だからといって、女性的な容姿というわけでもない。

むしろ母親のほうが、男顔と呼ばれる部類の顔立ちだったのだろう。

(母さん、化粧《けしよう》すると、また印象が変わったから)

普段《ふだん》はまったく化粧っけのない白い顔に、くっきりとアイラインを引き、丁寧《ていねい》に口紅を差す母親の横顔を思い出し、春希は少し気分が悪くなった。

軽く俯《うつむ》くと、男の両手がそうっと頬《ほお》に触《ふ》れ、上を向かされる。

「——この顔、自前?」

「はい。一応」

「へえ、そう。……綺麗《きれい》だねぇ」

(……変な人)

春希は、しげしげと見つめてくる男の顔を、逆に見つめ返した。

カットソーの重ね着とジーンズというラフなスタイルに、繁華街《はんかがい》にたむろする少年達が身につけるようなシルバーのアクセサリーをジャラジャラと身につけている。

だが、たぶんこの男は春希よりは少し年上、三十手前ぐらいだろうか……。

（ハーフっぽい感じ）

長身で、長めの髪も瞳も明るい色。ひとつひとつのパーツが大きい日焼けした顔には、太陽の光が似合いそうな雰囲気があって好感度は高い。

ここまで不躾《ぶしつけ》な視線を向けられても不思議と嫌《いや》な感じがしないのは、外見同様、その視線がカラッと明るくて、その裏に含《ふく》むものを感じさせないせいかもしれない。

（顔に触《さわ》られるのって久しぶり）

握手《あくしゅ》したりとか、肩《かた》とか背中に触れられることなら日常的にあるが、顔となると別物だ。家族とか、恋人《こいびと》とか、そんなごく身近な関係の人間しか触れないところだから……。

（指、ゴツゴツしてる）

春希の顔に最後に触れたのは、死んだ母親の、ひんやりと冷たく細い指。

職人らしき男の指の感触《かんしょく》は、それとはまったく違っている。

（堅《かた》くて大きいし、……それに温かい）

その温かさを心地いいと感じている自分に気づいて、春希は少し戸惑《とまど》った。

「あの……。そろそろいいですか？」

瞬《まばた》きして、目を伏《ふ》せると、男の手がぱっと頬から離れる。

「悪い、つい……。仕事柄、綺麗なものに目がないもんで……。気を悪くした?」

「いいえ。慣れてますから」

ここまであからさまに眺められたのははじめてだが……という感想を隠《かく》して首を横に振《ふ》ると、男はほっとした顔をした。

「だろうね。玄人《くろうと》好みのバランスが取れた綺麗な顔だから……。——じゃ、こっちにどうぞ」

男に促《うなが》されて、春希はソファに座った。

「俺がここの主《あるじ》、ジュエリーデザイナー兼制作者の平井《ひらい》直行《なおゆき》です。えーっと、ここには、誰《だれ》かの紹介《しょうかい》で?」

「いえ。外の看板を見て……。紹介とか予約が必要でしたか?」

「いやいや、全然大丈夫《だいじょうぶ》。ここに店を開いてから一年近くになるけど、飛び込みでお客さんが来たことなんてなかったもんで……。重ね重ね失礼しました」

平井が、深々と頭を下げる。

「で、今日はどういったご用件で?」

顔を上げた平井は、大きめな唇に感じのいい笑《え》みを浮《う》かべていた。

「ジュエリーのリフォームをお願いしたいんです」

『ジュエリー工房《こうぼう》 hirai』の看板に、小さく「オリジナルジュエリー、リフォームも承《うけたまわ》ります」という添《そ》え書きがあって、それを見て、この工房に目をつけていたのだ。

「——これなんですが」

春希は、鞄《かばん》から小さなジュエリーケースを取り出し、蓋《ふた》を開けて平井に見せた。

中に入っているのは、ルビーがついたピアスが片方だけ。

「こりゃまた見事だな」

ケースを受け取った平井は、ピアスを見て、またしても驚《おどろ》いたように目を大きく見開いた。

「ピジョンブラッド、四カラット弱ってとこか……。今まで色々見てきたけど、これほど綺麗な色の石は、はじめて見るよ」

作業場の机からルーペを持ってきて、じっくりとルビーを眺める。

「もう片方は？」と顔を上げた平井に聞かれて、「ありません」と春希は首を横に振った。

「……捜《さが》したんですが、見つかりませんでした」

雫《しずく》形にカットされたルビーにプラチナの華奢《きゃしゃ》なチェーンがついたそのピアスは、生前の母親の耳元で揺《ゆ》れていた品だ。

十年以上前、母が事故死した際にもその耳を飾《かざ》っていたのだが、事故後に道路《どうろ》脇《わき》からこれだけが見つかって、もう片方は見つからなかった。

たぶん、事故車の残骸《ざんがい》に混じって、処分されてしまったのだろう。

「だから、留め金もないのか……」

春希が説明すると、痛ましそうに平井が顔を曇《くも》らせた。

「それで、この石をどんな風にリフォームしたいのかな？」

聞かれた春希は、軽く首を傾《かし》げる。

「アクセサリー類って興味がないからよくわからなくて……。どんな風にできますか？」

「お望みなら、どんな風にでもできる」

平井はカウンターから一冊のファイルを持ってきて、春希に見えるようにテーブルに広げた。

「指輪、ネックレス、ブローチ、ブレスレットとか……。な？」

それらの写真が貼《は》ってあるファイルのページを、次々にめくっていく。

（……凄い……。しかもこれ、プロの手による撮影《さつえい》だ）

ちゃんとしたスタジオで、アクセサリーが綺麗に見えるよう照明を調節して撮《と》った写真。オパールをはめ込んだ蜻蛉《とんぼ》をモチーフにしたブローチ、繊細《せんさい》な蔓草《つるくさ》の透かし模様の入ったブレスレットにはエメラルドの水滴《すいてき》が煌《きら》めき、カラーダイヤを編み込んだ細いチェーンをなん連にも重ねたネックレスは光を贅沢《ぜいたく》に取り込んでキラキラと眩《まばゆ》い輝《かがや》きを放っている。

どれもこれも、素晴らしく芸術性が高い品だった。ちょっと庶民《しょみん》が手にするようなアクセサリーとは趣《おもむき》が異なっていて、間違《まちが》った店に入ってしまったかと春希は少し戸惑った。

「これ、平井さんが全部？」

「そ。デザインから制作までひとりで……。わざわざ写真を撮らせて、作品を記録してくれてるのは友達だけどな」

「そう……なんですか……」

「あ、この手のものばかりじゃなく、もっと普通《ふつう》のやつも手がけてるから。このシルバーなんかも俺の作品だし。気後《きおく》れしなくて大丈夫」

春希の戸惑いに気づいたのか、平井は自らが身につけているシルバーアクセサリーをチャラっと揺らして見せる。

そういうことならと、春希はほっとした。

「彼女にでもあげるの？」

「いえ。いませんから」

「じゃあ、自分で身につけるんだ？」

「その習慣はないので……」と、春希は首を横に振る。

「だったら、リフォームする必要なんてないんじゃないか」

平井が不思議そうな顔をした。

「母親の遺品なら、いじったりせず、このまま大切に保管しておけば？」

「このままなのが嫌なんです」

「どういうこと？」

「……片割れだけの使えないピアスを見ていると、母のことを色々と思い出してしまって辛《つら》くなるんです。棚《たな》の奥に仕舞《しま》い込んで忘れようとしても、どうしても気になってしまうし……」

母親がこのルビーをとても大切にしていたから、捨てることも売ることもできない。

だから、とりあえず形を変えようと思ったのだ。

「形を変えれば、少しは嫌な感じが薄《うす》れるんじゃないかと期待してます」

膝《ひざ》の上に置いた指を眺《なが》めながら、春希がボソボソと説明すると、平井がため息をついた。

「おまえ、嫌《きら》われてるのか。……こんなに綺麗《きれい》なのにな」

平井はチェーンの先をつまむと、目の前でルビーをぷらぷらと揺らした。

蛍光灯《けいこうとう》の明かりを弾《はじ》いて、ルビーがチラチラと赤く光る。

(……母さんの、唇《くちびる》の色だ)

耳元で輝くルビーと同じ色に塗《ぬ》られた母親の唇が、記憶《きおく》の中、ゆっくりと笑みを形作る。

美しく、妖《あや》しいその微笑《ほほえ》み。

美しすぎて、子供の頃《ころ》の春希は、彼女を恐《おそ》ろしいとすら感じていた。

「嫌いってわけじゃ……。ただ、少し怖《こわ》いだけで……」

「宝石は、君に噛《か》みついたりしないよ」

平井が軽く苦笑《くしょう》しながらルビーを弁護する。

「そう……ですね」

確かに噛みつきはしないが、侵蝕《しんしょく》はしてくる。

その妖しい輝きが、過去の不幸や悲しみの原因を春希に思い出させ、心の平穏《へいおん》を遠ざける。

赤く微笑む唇が、今も耳元で囁《ささや》いているような気がして……。

ルビーの輝きから目をそらすように俯《うつむ》いた春希を見て、平井は小さくため息をついた。

「形を変えれば、少しはこの石に対するイメージも変わる?」

「そうなればいいと思ってます」

「そうか……。こんなに綺麗なのに、肝心《かんじん》の持ち主に愛されてないんじゃ哀《あわ》れすぎる。――わ

かった。俺がなんとかしてやるよ」

平井は力強く請け負《う》うと、大切そうにピアスをケースに戻《もど》し、蓋を開けたまま春希にも見えるようにテーブルの上に置いた。

「デザインから、俺に任せてくれるよな？」

「はい、是非《ぜひ》」

「料金は後払《あとばら》いで。材料代だけでいいから……。初の飛び込み客だし、作業代やデザイン料は記念にサービスしてやる」

ラッキーだったな、と遠慮《えんりょ》することはないのだと言わんばかりの気楽な調子で言う。

「ありがとうございます」

春希は素直《すなお》にその申し出を受け入れ、深々と頭を下げた。

「で、なにを作ろうか？　アクセサリーの類《たぐい》を身につけないなら、実用品にするか？　マネークリップとかキーチェーンとか」

「そういうのもできるんですか？」

「当然。ルビーはダイヤの次ぐらいに硬度《こうど》の高い石で傷がつく心配も少ない。日用品として使うのもありだ。携帯《けいたい》のストラップみたいなものでも大丈夫だよ。さすがに派手すぎて、おもちゃみたいに見えるかもしれないがな」

「それは、ちょっと困ります。職場で悪目立ちしそうだし……」

「君、職種は？」

「あ、失礼しました」

春希は、名刺《めいし》入れを出して、平井に名刺を渡《わた》した。

「光原……下の名前は『はるき』か？　いい名前だな」

「そうですか？」

自分の名前があまり好きじゃなかったせいもあって、つい声に棘《とげ》が出る。

（春を希《こいねが》う、だなんて最悪な名前）

春を切望するのは、その身が冬にあるときだ。

冷たい環境《かんきょう》の中に産み落とされ、暖かな環境を望み続けて生きていくことを運命づけられているみたいで嫌《いや》な気分になる。

「ああ。ご両親が、春みたいな人になるようにって願ったんだろう。いい名前だよ」

「春みたいな人？」

（なんだ、それ？）

考えたこともなかった切り口だ。

驚いた春希は、戸惑《とまど》って瞬《まばた》きを繰《く》り返した。

「もしくは春のような環境で生きていけるように……かな？　春は雪が解けて草花が芽を出す、希望に満ちた季節だ。とても優《やさ》しい気持ちがこもっていると思うけど？」

「そう……ですか」

（……違うような気がする）

平井は、春希が生まれた環境を知らないから、こんな優しいことが言えるのだ。

それでも、違う切り口からの解釈《かいしゃく》は、春希にとってはちょっとした衝撃《しょうげき》だった。

「東条電機本社の秘書室室長なのか……。ってことはエリートだ」

「違います！」

春希は、慌《あわ》てて否定した。

「エリートなんかじゃない。東条電機の上のほうの人間に伝手《つて》があって、コネで勤めさせてもらってるだけなんです」

「そう？　君みたいな秘書を連れて歩けたら、重役達だって自慢《じまん》だろうに」

「とんでもない。逆ですよ」

春希は強い調子で否定した。

「俺、いつもこんな感じで愛想《あいそ》がないし、本来なら秘書なんて絶対無理な人間なんです」

「……いつも？」

平井が怪訝《けげん》そうに目を眇《すが》める。

「春希さん、今、すっごく機嫌《きげん》悪いよね？」

「いえ、全然」

春希はブルブルっと首を振《ふ》った。

「さっきの俺の不躾《ぶしつけ》な真似《まね》を怒《おこ》ってたりは？」

「してないです。物陰《ものかげ》からこっそり見られるよりましですし」

「はい。嘘偽《うそいつわ》りなく。この通りの仏頂面《ぶっちょうづら》なんで、よく誤解されるみたいなんですけど……。今だって、むしろ普段《ふだん》よりは機嫌がいいくらいで」

「本当に？」

――軽い自己嫌悪《けんお》に陥《おちい》ることはあっても、他人に対して怒りを向けることはまずない。

だが困ったことに、極端《きょくたん》に乏《とぼ》しい表情のせいでダークな印象を与《あた》えてしまうようなのだ。

春希の整いすぎた顔は、無表情にしているとどうしても冷たい雰囲気《ふんいき》が漂《ただよ》ってしまう。

それに加え、ちょっと気持ちが昂《たか》ぶると、つい眉《まゆ》と唇に力が入ってしまう癖《くせ》がある。

そのせいで眉がひそめられ、微妙《びみょう》に口角も下がってしまい、自然と不機嫌そうな顔に見えてしまうといった風に……。

「そうなのか……。そんなに綺麗なんだから、ちょっとでも表情をゆるめれば、ぐっといい感じになるのに」

もったいない、と平井が惜《お》しむように春希の顔を見つめる。

「それができれば苦労ないんですけど……」

「できない？」

「できないんです。この顔、自分でもうまく動かせなくて……」

口角を引き上げることがどうしてもできなくて、うまく笑えない。

長くつき合いのある人達は、そんな春希にもう慣れてしまっているから仏頂面をしていても気にしないでいてくれるが、つき合いの浅い人だとそうはいかない。こっちはただ真剣《しんけん》に話しているつもりでも、向こうから見れば、嫌々ながら話しているように見えるからだ。

しかも綺麗な顔をしているせいか、高慢《こうまん》な性格なのだろうとすぐに誤解されてしまう。

本当に、少しでもいいから表情を和《やわ》らげることができればと願っているのだが……。

(それが、どうしてもできないから困りもの)

思わず両手の指で頬《ほお》の筋肉を押し上げると、それを見た平井が軽く微笑んだ。

「本当みたいだな。大変そうだ」

(……素敵《すてき》なカーブだ)

平井の大きめの唇が、絶妙《ぜつみょう》のラインでほころぶのを見た春希は、しみじみと感心した。

引き上げられた頬に押され、微《かす》かに細められた目元に、感じのいい笑い皺《じわ》がよる。

それは、平井が表情豊かに、明るい人生を送ってきた証拠《しょうこ》に思えた。

(俺、このままだと眉間《みけん》にしか皺ができそうもないな)

能面みたいに表情の乏しい顔の中、眉間だけに縦皺が深々と二本……。

(——嫌すぎる)

「この顔も、リフォームしたらなんとかなりますかね」

春希がボソッと呟《つぶや》くと、平井がびっくりした顔をした。

「整形ってことか?」

「はい。こう——」と、春希は、頬をもう一度指で押し上げた。

「ここらあたりを吊《つ》ったり、口角をいじれば、自然に笑ってるように見えると思いません?」

「思わない」

平井は呆《あき》れた顔をした。

「ひきつって逆効果になるに決まってる。せっかくの綺麗《きれい》なバランスを、わざわざ自分で崩《くず》すことないだろう。もったいない」

「そうでしょうか？」

「ああ。……人生長いんだ。今は無理でも、いつかは自然に笑えるようになるかもしれない。歳を取って、ここら辺の筋肉が衰《おとろ》えたら、表情がゆるむ可能性だってあるしさ」

平井が、春希と同じように自分の頬を両手の指で押し上げた。

「気の長い話ですね」

「待ちきれないか？」

平井に聞かれて、春希は軽く首を傾《かし》げた。

（……変な状況《じょうきょう》）

客観的に見て、今の状況はかなり変だし、おかしい。

いい大人の男がふたり、自分の頬を指で押し上げながら真面目《まじめ》な顔で向き合っているのだから……。

（ここで、笑えたらいいのに……）

場の雰囲気も和《なご》むし、目の前にいる人と、ぐっと親しくなれる。

頬を押し上げる指を離《はな》しながら、春希はそんなことを考えた。

でも、考えているだけで、その顔はぴくりとも動かない。

いつもそうなのだ。

自分なんかのために親身になって話してくれる人に、うまく心を返すことができない。

それが最近、とても苦しい。

ずっと心の重荷だった母親の形見のピアスの形を変えようと思いたったり、自分の顔を変えたいという欲求を感じてしまうのも、それが原因だった。

「──じゃあ、今の案は十年ぐらい保留します」

少し考えてからそう答えると、平井はほっとしたように口元をゆるめた。

（やっぱり、素敵なカーブ）

自分が今すぐ笑うのは無理だが、目の前にある感じのいい笑《え》みを作るきっかけにはなれた。

とりあえずは、それでよしとした。

「絶対だぞ」

「はい」

「よし。じゃあ、こっちの話に戻《もど》るか……。──で、なにを作る？」

「平井さんに全部お任せします」

「俺に？　って言われてもなぁ。普段の君がどんな生活をしてるかわからないから、なにを作ってあげたらいいのか……」

「なんでもいいです。そのルビーのイメージが変わりさえすれば」

春希が気楽に言うと、平井は「それじゃ駄目《だめ》だろう」と難しい顔をした。

「形を変えただけじゃ意味がない。自然に愛着を持てるようなものにしてやらなきゃ、同じことを繰り返すことになる」

「……そう…かもしれませんね」

確かに、形だけを変えても、本質的な印象が変わらなければ意味がない。

「愛着を持てるようなもの……」

う〜ん、と、春希は真剣に考え込んだ。

真剣に考えれば考えるほど、眉根に力が入って口元が歪《ゆが》む。

客観的に見て完全に超不機嫌な顔になったとき、平井がクククッと小さく笑った。

「玲瓏《れいろう》たる美人だけに迫力《はくりょく》があるなぁ」

「え？」

「いや、こっちのこと。——すぐに思いつかないんなら、しばらく考えてみる？」

特に急いでいるわけじゃないんだろ？　と聞かれて、春希は頷《うなず》いた。

「俺のほうでも、いい案がないか考えてみるよ」

「そうしてもらえると助かります」

「うん。で、考えるに当たって、もう少し情報が欲しいんだけど」

「なんの情報ですか？」

「君という人の情報。作るものを決めるヒントにもなるからな。よかったら、ここに何度か通ってみて、俺と話でもしないか?」

「話……ですか?」

「そ。どうせ客も来なくて暇《ひま》だし……。今日はちょっとこの後用事があるんで、また会社帰りにでも寄ってくれよ」

「わかりました。あ、でも、ここは何時までやってるんですか?」

春希が問うと、平井は「実は決まってない」と頭を掻《か》いた。

「夕方ぐらいに帰ることもあるし、真夜中まで残ることもある。ひとりでやってるもんで、休日とかも適当でさ。——だから、アドレス交換《こうかん》しようか?」

そっちが寄れそうなときにメールをくれれば、ここで待ってると言われて、春希は素直《すなお》に応じて、平井とアドレスを交換した。

「よし、アドレスゲット」

「はい?」

「いや、こっちのこと。——で、悪いんだけど、今日はもういいかな」

「あ、用事があったんでしたね」

それではお邪魔《じゃま》しましたと、立ち上がって頭を下げる。

「春希さん、忘れ物」

立ち去ろうとする春希に、平井がテーブルからジュエリーケースを取り上げて差し出した。

「あ……。それ、預かっていてもらえませんか?」

これ以上持ち歩くのは嫌《いや》だし、どうせここでリフォームしてもらうのだから、そのほうが都合がいいだろうと考えたのだが、平井は少し困った顔をした。

「このルビーの価値、ちゃんと理解して言ってるか？　一千万近い品だぞ」

「そんなに？」

春希は、本気で驚《おどろ》いた。

「ああ。ふたつ揃《そろ》ってたら、その三倍近くにはなる」

持って帰ったほうがいいと言われたが、春希は少し考えてから首を横に振《ふ》った。

「構いません。もしご迷惑《めいわく》でなければ、預かっていてください」

「信用してくれるってことか……。よし、じゃあ、一応預かり証を書こうか」

平井は嬉《うれ》しそうな様子で、カウンターで書類を作り出した。

(手慣れてる感じだ)

飛び込みの客ははじめてだと言っていたが、普段《ふだん》はどんな人達相手に仕事をしてるのか気になって春希が聞いてみると、「ほとんどが知人相手だな」と平井が答える。

「後は、口コミとか……。今日なんかは、たまに飲みに行くバーの店主に頼《たの》まれた指輪を届けに行くんだ。ついさっき仕上げてたやつ。——あ、もし暇だったら、春希さんも来ないか？　指輪の代金代わりに、飲み代チャラにしてくれるって言ってたしさ」

しっかり印鑑《いんかん》を押した預かり証を封筒《ふうとう》に入れ、春希に手渡《てわた》しながら、平井が誘《さそ》ってくる。

「……あ」

（ど、どうしよう）

友達相手にするような気さくさで飲みに誘われるなんて、春希にとってははじめての経験。ものっ凄《すご》く嬉しすぎて、興奮のあまり胸がどきどきした。

（すぐ頷いたら、図々《ずうずう》しいと思われる？　社交辞令だったらまずいし……）

少し緊張《きんちょう》しながら、どう反応すべきかと内心でオロオロしていると、春希の顔を眺《なが》めていた平井が軽く苦笑《くしょう》した。

「さすがに、いきなり飲みに誘うのはＮＧか。もうちょっと親しくなったらまた誘うから、そんときはＯＫしてくれ」

「……はい」

（――あああああ、残念）

こんなことなら、ためらわず、すぐに返事をすればよかった。

春希は心の中で地団駄《じだんだ》を踏《ふ》んだ。

そうでなくても、この顔が嬉しいと思う気持ちのままに動いてくれたら、平井のほうからもう一押ししてもらえたかもしれないのに……。

（でも、次こそは！）

次に誘われたら、迷わず即《そく》ＯＫだ。

春希は密《ひそ》かに意気込み、心の中で拳《こぶし》を握《にぎ》る。

「――それでは、これで。お邪魔しました」

「おう、メール待ってるからな」

ビルの出入り口まで見送ってくれた平井に深々と頭を下げてから、春希は帰途《きと》についた。

(……久々に楽しかった)

ここ数年、会社と住居との往復ばかりだったから、目新しい場所はやっぱり新鮮《しんせん》だ。

それに平井は、会社で会うエリート社員達とはちょっとタイプが違《ちが》う。

砕《くだ》けた気さくな態度で接してくれたのが、なんだか凄く嬉しい。

(あの人は、感情がわかりやすい)

パーツの大きな派手な顔に浮《う》かぶ表情は、カラッと明るくて親しみやすい。

そういう性格なのか、遠慮《えんりょ》や気遣《きづか》いといった社交辞令的なものも感じられなかった。

お世話になっているあの屋敷《やしき》に引き取られて以来、周囲の人々からちょっと独特な距離《きょり》感《かん》を保って接してこられたから、平井が見せるあけっぴろげな感情は見ているだけでも楽しい。

(なるべく早く、時間を作ろう)

もう少し、あの人と話してみたい。

こんな欲求を感じるのははじめてだと、春希は自分の気持ちの動きを不思議に感じた。

ちょっと楽しかった気分を反芻《はんすう》しながらゆっくりと歩き続け、やがて立ち止まったのは『東条』という表札が出た頑丈《がんじょう》な門の前。

この屋敷の主《あるじ》の名前は東条重俊《しげとし》、東条電機グループの先々代の社長であり、現会長だ。

春希は中学のときに母親を亡《な》くして以来、この屋敷でずっと暮らしている。

(……たぶん大丈夫《だいじょうぶ》だよな)

いつもより一時間以上は帰宅が遅《おそ》くなった。

気づかれてませんようにと祈《いの》りながら、門の電子ロックを開けて敷地内に入る。

入ってすぐ目に入るのは、所々がライトアップされた庭園に囲まれるようにして、闇《やみ》に白く浮かび上がる洋館風の母屋《おもや》だ。広大な敷地内には、母屋以外に使用人達が利用している別館と、春希が使わせてもらっている離《はな》れが独立して建っている。

「——遅かったな」

敷地の一番奥まった場所にある離れに向かう途中《とちゅう》で、不意に声をかけられた。

どうやら祈りは届かなかったようで、声のほうを見ると、屋敷の主、重俊の姿があった。

初老の域に達しつつある重俊は、池のほとりのベンチに腰掛《こしか》け、春希を不機嫌《ふきげん》そうな顔で見上げていた。

「すみません。ただいま帰りました」

「寄り道するなら、先に屋敷に連絡《れんらく》しろ」

そのきつい口調に、「はい」と答えた春希は軽く首をすくめる。

「街中の素性《すじょう》も知れない店に行ったと聞いたが、おかしな輩《やから》が経営している店じゃないだろうな？　おまえの面倒《めんどう》を見ている儂《わし》の顔に泥《どろ》を塗《ぬ》るような真似《まね》は許さんぞ」

「それは大丈夫です。店主はとても親切な方でした」

「なら、いい」

重俊は、ムスッとした顔で頷き、立ち上がって母屋に続く道を帰って行く。

「重俊さま、おやすみなさいませ」

春希は、その背中に向け、深く頭を下げた。

引き取られて以来、首をすくめるようなきついことを言われ続けているが、それでも春希は、重俊に心から感謝している。

重俊が引き取ってくれなければ、中学生で路頭に迷う羽目になっていたからだ。

バツイチだった春希の母親、咲希《さき》が事故に遭《あ》ったとき、運転席には母親の恋人《こいびと》だった重俊の息子《むすこ》、正貴《まさき》が乗っていて彼女と共に命を失った。

正貴には正式な妻子がいたから、ふたりは俗《ぞく》に言うところの不倫《ふりん》の関係だったのだ。

重俊からすれば、息子をたぶらかしていた女の子供がどうなろうとなんの関係もない。

それなのに重俊は、春希を引き取ってくれた。

自分の息子が運転する車で死んだ女の息子が路頭に迷うのは、さすがに世間体《せけんてい》が悪いというのがその理由だったが、当時、本当に困っていた春希は重俊に救われたと感じた。

だから、なるべく迷惑をかけないようにしようと、引き取られたときに心に決めた。

義務教育が終わったら住み込みでできるような仕事を探して自立しようと思っていたのだが、自分が面倒を見てやっている人間が中卒だなどと世間体が悪すぎると言われて、高校に通うことになった。

高校を卒業したら就職して自立しようと思ってたのに、自分が面倒を見てやってる人間が高卒だなどと……と、また言われて、厚意《こうい》に甘えて大学にも通わせてもらった。

せめて少しぐらいは学費を自分で捻出《ねんしゅつ》しようと考え、バイトしようとしたこともあったのだが、自分が面倒を見ている間は、そんな世間体の悪いことはするなと怒《おこ》られて断念した。

そして大学を卒業すると、世間体が悪いからおかしな企業《きぎょう》には勤めるなと言われて、東条電機の子会社に就職を斡旋《あっせん》された。

そして今、いつまでも倉庫番をしていては世間体が悪いと言われて、本社勤務に。

それも、秘書室の室長という特別な椅子《いす》を用意されていて……。

重俊が世間体だけで自分の面倒を見てくれているわけじゃないらしいと、ここにいたってさすがに鈍《にぶ》い春希も気づいた。

高圧的な態度で接して来ても、重俊は、間違いなく自分のことを気にかけてくれている。

いつも怒っているような顔をしているが、本心が表情に表れていないだけ。

要するに、重俊は春希の仏頂面《ぶっちょうづら》仲間だったのだ。

(表情に出してくだされればいいのに……)

本心から心配してもらえているともっと早くにわかっていたら、怯《おび》えて謝るばかりじゃなく、素直《すなお》にお礼を言うことだってできていたから……。

などと考えた春希は、我が身を振り返って、どど〜んと一気に落ち込む。

（……俺も一緒《いっしょ》か）

心から感謝しているし、心配してもらって嬉しいと思ってるのに、その気持ちを表情に出すことができない。

緊張からくる仏頂面のまま、口先だけでお礼を言ったとしても、さてその気持ちが重俊にうまく伝わるだろうか？

口先だけだと思われる可能性のほうが大きいのではないか？

そんなことに思い至ってから、春希の悩《なや》みははじまったのだ。

変わりたい。

言葉と表情で、素直な感謝の気持ちを伝えられる人間になりたい。

どうしたら、そうなれるのか……。

（全然わからない）

庭の外灯の下、母屋に帰って行く重俊の背中を眺めながら、春希は軽くため息をついた。

重俊の背中が見えなくなってから、自分も離れに帰ろうとまわれ右しかかった視界に、ふと人の輪郭《りんかく》が映る。

離れた母屋の二階の窓に見える、人型の黒いシルエット。

（繁樹《しげき》さまの部屋だ。……大きくなったなぁ）

大学生の繁樹は、正貴の正妻の息子で、重俊の孫だ。

春希がここに引き取られた当初、繁樹は小学生。

あの窓から見えるシルエットも、今よりずっと背が低かった。

(さすがに繁樹さまは、俺のことを嫌《きら》ってるか)

初対面の日、繁樹は春希の顔を見るなり、憎《にく》しみを込めた声で怒鳴《どな》った。

――おまえなんか死ね！　と……。

それも仕方のないことだと思う。

繁樹の父親が死んだ後、彼の母親は、好きで結婚《けっこん》したわけじゃなし、こんな侮辱《ぶじょく》を受けてまで東条に留《とど》まるつもりはない。跡継《あとつ》ぎさえ置いていけば文句はないだろうと、一緒に行きたがった繁樹の手を無理矢理《むりやり》ふりほどき、その妹を連れて実家に帰ってしまった。

家族離散《りさん》の原因となった父親の不倫相手の息子に、繁樹が好感を抱《いだ》くわけがない。

たまに顔を合わせることがあっても、素っ気ない態度ばかりだし……。

(彼に好かれたいって思うのは、俺の我が儘《まま》だな)

こうして、たまに遠くから姿を見られるだけでも幸運だと思わなければならない。

そんな風に自分に言いきかせてはいるが、釈然《しゃくぜん》としない気持ちもある。

(俺は、なにもしてないのに……)

人を傷つけないよう、身をひそめてひっそり生きてきたのに、母親が犯《おか》していた罪のために自分までもが嫌われてしまうなんて……。

(嫌われてるのは、やっぱり嫌《いや》だな)

窓辺に佇《たたず》んだまま動かないシルエットを眺《なが》めながら、春希はしみじみとそう思う。

それでも、きっとこの顔は不機嫌そうにしかめられたままなんだろう。
辛《つら》いと感じているのに、ひとりのときでさえ仏頂面な自分の顔が嫌で嫌でたまらない。
春希は自分の頬《ほお》を平手で軽く叩《たた》いた。

2

「……虎《とら》……ですか？」

平井の手元を覗《のぞ》き込みながら、春希が聞く。

「正解。はじめて春希と会った日に指輪を届けに行った店で、また店員に頼《たの》まれてきたんだ。チョーカーにするんだとさ」

和柄《わがら》の手ぬぐいを頭に巻いた平井は、青いワックスの平板を削《けず》りながら、デフォルメされた虎の形を器用に作りあげていく。ワックスの形が整ったら、その後に鋳造《ちゅうぞう》して虎の目に宝石をはめ込み、シルバーのアクセサリーになるらしい。

BGMのない静かな室内には、作業の手を休めず、工程の手順の説明を滔々《とうとう》と語る平井の声と、機材やワックスを温めるためのバーナーの音だけが響《ひび》いていた。

この作業場には、外の喧噪《けんそう》から切り離された、ゆったりとした時間が流れている。

春希は、細かな作業を続ける平井の手元を飽《あ》きもせず覗き込みながら、妙《みょう》に落ち着いた気分になっていた。

（来てよかった）

日曜日の午後、休日もはっきりしていないんだと平井が言っていたのをふと思い出し、試《ため》しにメールしてみたら、『ちょうどいま店にいる。よかったら遊びにこいよ』と返事が来て、喜び勇んで訪ねてきたというわけだ。

心では大喜びしていても、表情はやっぱりいつもの仏頂面だった春希を、平井は最初のときと同じように気さくに招き入れてくれた。

（しかも、『春希』だって……）

いつの間にか敬称《けいしょう》が省かれている。

気さくな呼び名は、友達っぽい感じがして嬉《うれ》しい。

「平井さん、下世話なことを聞いてもいいですか？」

「どうぞ」

「完成したら、いくらぐらいになるんでしょう？」

「ん〜、そうだなぁ。……材料代だけもらって、後は店で一杯奢《いっぱいおご》ってもらうぐらいか」

「デザイン料や作業代は？」

「そこはサービスだ。この手のシルバーアクセは遊びでしか作ったことがなかったから、金を取る気にはならないな」

「遊び感覚ですか……。平井さんは、この仕事が本当に大好きなんですね」

「まあな。ちまちまとした手作業が性《しょう》に合ってるし、綺麗《きれい》なものをこの手で作りあげていると思うと、時間が経《た》つのも忘れる。――春希はどうなんだ？」

「俺は……、どうかな」

う〜んと悩む春希に、平井が苦笑《くしょう》した。

「自分のことなのに、わからないのか？」

「流されるままに就職したから……」

秘書などという人前に出るような仕事は、好き嫌いの前に向いていないが、それ以前にやっていた在庫管理の仕事は、間違《まちが》いなく春希に合った仕事ではあった。

だが、好きかと聞かれると微妙《びみょう》な感じで、仕事としてやり甲斐《がい》を感じたことはなかったから首を傾《かし》げてしまう。

「東条に伝手《つて》があったんだっけ？」

「はい。母が死んだ後、俺を引き取ってくれたのが東条電機の会長だったんです」

「へえ。そりゃ凄《すご》い。——親戚《しんせき》？」

「いえ」

「だったら、なんで？」と聞かれて、春希は答えるのを少しためらった。

事情を説明するには、母親の不倫《ふりん》相手のことを話さないわけにはいかなくなるからだ。

もっとも、東条の先代社長の死にまつわる醜聞《しゅうぶん》は世間的にも広く伝わっているから、隠《かく》しておく必要などないのだが……。

(問題は、俺に関する変な噂《うわさ》だ)

——東条一族は、二代にわたって、妖《あや》しい美貌《びぼう》に魅入《みい》られている。

そんな噂があることを、春希は知っている。

愛人だった母親の死後、その息子《むすこ》は会長のお稚児《ちご》さんとして東条に引き取られたのだと……。

もちろん、そんなのは事実無根のただの噂だ。

だが、この噂は人々のゴシップ心を刺激《しげき》するらしく、消える気配もないまま、十年以上も囁《ささや》かれ続けている。

(でも、この人はあの噂を知らないか……)

噂を知っているのは、経済界に関《かか》わっている、ごく一部の人間達だ。

街中のジュエリーショップの店長の耳に入るはずもない。

それに、少なくとも平井は、他人のゴシップを喜ぶような人種には見えない。

「母が車の事故で死んだことは話しましたよね？」

春希は、思い切って口を開いた。

「ああ」

「同乗者がいたんです。その人が、東条電機の会長、重俊さまの息子さんでした」

「東条電機の前社長か……。そういや、そんな噂を聞いたことがあるような気がするな」

平井は、作業の手を止めて、春希を見た。

まっすぐに見つめてくる瞳《ひとみ》には、それまでと変わったところは見当たらなくて、春希は少し安心する。

「一時期は凄い騒動《そうどう》でしたからね。……それで重俊さまは、母を失ってひとりになった俺の存在を知って、哀れんでくださったんだと思います」

「そうか……。親父《おやじ》さんはいなかったのか？」

「いることはいるんですが……。その当時には、もう母との離婚が成立していて新しい家庭もあったので、俺を引き取りたがらなかったんです」

父親は、母親の葬儀《そうぎ》に顔も出さなかった。

彼女とは二度と関わりたくないと、葬儀のことを知らせた知人に言ったとも聞いている。

もちろん、その女と同じ顔の子供など、引き取るつもりもまったくなかった。

「ひどい親だな」

平井が、その顔に怒《いか》りを露《あら》わにする。

（……違う）

父親には、そうするだけの理由が確かにあったのだ。

今まで誰《だれ》にも言ったことはなかったが、平井の顔に浮《う》かぶ怒りが、春希の口を開かせた。

「そうじゃないんです」

春希はためらいながらも、首を横に振《ふ》る。

平井が自分のために怒《おこ》ってくれているのだと思うと、嘘《うそ》をつくことも誤魔化《ごまか》すこともしてはいけないような気がして……。

「父には、俺を引き取るべき義務がなかったんです」

「義務？　親権のことを言ってるのか？」

「いえ、そうではなくて……。俺と父とは、血が繋《つな》がってないんです。だから父は、俺を引き取る必要を感じなかったんだと思うんです」

戸籍《こせき》上では、父親の子供として記載《きさい》されているが、実は違う。

春希の母親は、結婚《けっこん》直後から密《ひそ》かに夫を裏切っていたのだ。

春希がそれを知ったのは、小学生の頃《ころ》。

当時、春希は両親の間がうまくいっていないことに薄々《うすうす》ながらも気づいていた。

うまくいかない原因が、行き先も告げずに頻繁《ひんぱん》に外出する母親にあることにも……。

だから、意を決して母に聞いたのだ。

お母さんは悪いことをしているんじゃないのかと……。

そんな春希の質問を聞いた母親は、動じる様子も見せず、艶然《えんぜん》と微笑《ほほえ》んで言った。

『あら。それじゃあ春希は、お母さんの悪事の結晶《けっしょう》ね』と……。

ショックを受けて佇《たたず》む春希に、母親はなおも言った。

『心配しなくても大丈夫《だいじょうぶ》よ。お父さんと離婚《りこん》しても、お母さんと春希は、ず～っと一緒《いっしょ》だから……。だっておまえは、わたしが誰よりも愛する人の子供なんだもの』

夢みるような口調で告げ、細い指で春希の頰《ほお》を撫《な》でながら、幸福そうに微笑む。

それが、はじめて母親の微笑みを『怖《こわ》い』と感じた瞬間《しゅんかん》だった。

そしてそれ以降、父親との関係も壊《こわ》れていった。

それ以前から、たまに春希に対する父親の態度が冷たいことはあった。

自分の出生の秘密を知ってからは、実の子じゃないという負い目が遠慮《えんりょ》になって、春希のほうもそれまでのように父親に甘えることができなくなってしまった。

それに比例するように父親の態度はさらに冷たくなり、家にも帰って来なくなって……。

(ふたりが離婚したときには、もう他人も同然だった)

関係がぎこちなくなる前は、一緒に遊園地にも行ったし、サッカーして遊んだりもした。

そんな記憶《きおく》があるから、血の繋がりはなくとも、春希にとって彼はやっぱり父親だった。

だが家を出て行くとき、父親はちらりとも春希を見ようとはせず、最初からそこにいないもののように完全に無視した。

——愛情の反対は無関心。

その言葉が真実なのだと、春希は身をもって知る。

無視されて悲しかったけど、うまく泣けなかった。

『春希は悲しむことはないのよ。あの人は、おまえにとっては他人なんだから……。たまにしか帰ってこなかった同居人がいなくなっただけだと思えばいいの』

肩《かた》に両手を載《の》せた母親が、背後から言いきかせるようにして囁き続けていたから……。

「たぶん、この顔も悪かったんじゃないかと思います。母にそっくりなんで、もう見たくなかっただろうし……」

自分の手で自分の顔に触《さわ》ってみると、手の平の下で頬の筋肉がピクッと痙攣《けいれん》した。

あの日以来、春希は笑えないだけじゃなく、うまく悲しめなくなった。

悲しいと感じても、やっぱりうまく表情には出せなくて顔が強《こわ》ばる。

強ばった顔は、きっとひどく不機嫌《ふきげん》そうに見えるはずだ。

そんな顔を見られたくなかった春希は、平井から離《はな》れて窓辺に立った。

ブラインドの羽根を軽く指で押して、窓の外を見る。

(……けっこう時間経《た》ったな)

作業を見学しているのが楽しくて気づかなかったが、ここに来たときにはブラインド越《ご》しに僅《わず》かに差し込んで来ていた日差しが、隣接《りんせつ》するビルに遮《さえぎ》られてしまっている。

夕方というにはまだ早い時間帯だが、本来なら休日なんだし、迷惑《めいわく》にならないよう早めにおいとましたほうがいいかもしれない。

そんなことを考えてると、

「いや、それは違うだろう」と、いきなり耳元で声がした。

「……!!」

ビクッとした春希が振り向くと、平井の怒った顔が間近にあった。

「顔がどうとか、そんなのは関係ない」

「そ、そうでしょうか?」

「ああ。血の繋がりのことだって、それは春希のせいじゃないだろう。あくまでも夫婦《ふうふ》間の問題だ。そのことで、子供がわりをくうなんて間違ってる!」

(間違ってると言われても……)

春希には、父親を責めることはできない。

彼が、母親の犠牲者《ぎせいしゃ》だったことを知っているからだ。

春希に出生の秘密を明かした後、彼女は自分の恋《こい》の話を春希に聞かせるようになっていた。

『一度は捨てられたの。それで、なにもかもどうでもよくなって、しつこくプロポーズしてくるお父さんにOKしたんだけど……。ふふっ、でもね。あの人ったら、わたしが結婚して他《ほか》の男のものになった途端《とたん》、惜《お》しくなったんですって……』

結婚して本当によかった、と、夢みるように微笑む母。

すべての事情を知っていた春希は、父親が彼女を厭《いと》う気持ちがよくわかる。

恋い焦《こ》がれて妻にした女が、結婚した直後から自分を裏切っていたのだ。

裏切りの象徴《しょうちょう》でもある子供に優《やさ》しくする気になんかなれないだろう。

「その頃、春希は義務教育中だったんだろう？」

「はい」

「だったら、なおさら駄目《だめ》だ。まだ保護者が必要な年齢《ねんれい》じゃないか」

（すっごい怒ってる。……まるで、仁王《におう》像みたいだ）

くっきりとした眉《まゆ》をつり上げ、怒りのあまり微《かす》かに歪《ゆが》む唇《くちびる》。

顔の造作が大ぶりなだけに、平井の怒った顔には迫力《はくりょく》がある。

その迫力には気圧《けお》されるが、怖くはなかった。

だってこれは、春希に対する優しい気持ちの上に成り立つ怒りだから……。

（なんだか嬉《うれ》しい）

こんな風に、春希を庇《かば》うために怒ってくれる人は今までいなかった。

「でも、結果的に正解だったんだからいいんです。重俊さまのお陰《かげ》で、この通り無事に成人して一流企業《きぎょう》に勤められているんだし……」

春希は、とりあえずなんとか平井を宥《なだ》めようとしたが、平井の怒りは収まらない。

「だが、不安だっただろう？」

「え？」

「東条家に引き取られて、なんとも思わなかったのか？　息子《むすこ》の不倫《ふりん》相手の子供を引き取って育てるだなんて、普通《ふつう》ありえない話だろう」

「それは……そうなんですけど……」

東条家の人々に憎《にく》まれているかもしれないという不安はあった。

それでも春希は、引き取ってもらえることが決まったとき嬉しかったのだ。

「義務教育中で大人の保護が必要な子供を、全面的に赤の他人の手に委《ゆだ》ねるだな……んて……」

勢い込んで話していた平井が、不意に眉根を寄せて黙《だま》り込む。

「平井さん？」

怪訝《けげん》に思った春希が名を呼ぶと、平井は春希の目をまっすぐに見た。

「……もしかして、他人じゃないのか？」

（――しまった。話しすぎた）

まずいとは思ったが、平井のまっすぐな目に嘘をつく気にもなれず、春希はためらいながらも頷《うなず》いた。

「母の言葉を信じるなら……」

春希の本当の父親は、重俊の息子、東条正貴だと、母親ははっきり言っていた。

『あなたはね、あの人の子供なの。ちゃんとDNA鑑定もして調べたから間違《まちが》いないわ』

母親の生前、その言葉は春希にとって呪《のろ》いだったが、彼女の死後、それは希望になる。

血の繋《つな》がりがないから、父親は自分に邪険《じゃけん》になった。

それでは、血の繋がりがあると知ったら、東条家の人々はどうするだろう？

厭われる可能性も高いが、万が一ということもある。

――自分を、少しでも好きになってはくれないだろうか？

そんな儚《はかな》い希望を胸に、春希は東条家の門をくぐった。

「じゃあ、向こうも、それを承知で？」

「いえ。知りません」

春希が、東条正貴の子供であることは、正貴にさえ秘密にしているのだと母親は言っていた。

東条家に知られたら、春希を取り上げられると恐《おそ》れていたらしい。

春希も自分からはとてもじゃないが言えなかった。

不倫の挙げ句の事故死という不祥事《ふしょうじ》に加えて隠《かく》し子までいたなどと知ったら、重俊や繁樹の悲しみや苦しみを増やしてしまうことになりそうだったから……。

「それじゃあ、不安なことに変わりはなかっただろう？」

「そうですね。……でも、今はもう大丈夫《だいじょうぶ》です」

顔には出さないものの、重俊は自分の身を案じてくれている。

それがわかるようになったから、もう不安はない。

「いや、でもなぁ」

春希の顔を見たまま、平井はまたしても眉根を寄せた。

「やっぱり、気にくわない。……が、まあ、春希がそれでいいって言ってるのに、俺がとやかく言ってもはじまらないか……」

「平井さん……」

「妙《みょう》なこと言って悪かった。俺の言ったことは、もう気にしないでくれ」

平井は自らの気分を変えようとするかのように、きっぱりとした口調で言った。

「よし。気分転換《てんかん》にコーヒーでも淹《い》れるか。飲むだろ？」

「あ、いえ。そろそろ、おいとましようかと……」

奥にある小さな簡易キッチンに向かった平井の背中に、春希は声をかけた。

「おいおい、早すぎるって。俺の作業見学してただけで、ルビーをなににリフォームするかの話は全然してないってのに……。用事でもあるのか？」

「いえ。……でも、あまり長居しては、お仕事の邪魔《じゃま》でしょうし」

「ああ、そういう心配ならいらないから……。俺、ここでは真面目《まじめ》に仕事してないし」

平井は、鼻歌交じりでコーヒーメーカーをセットする。

「仕事なら、さっきからしてたじゃないですか？」

「これは、遊び感覚で引き受けたんだって言っただろ？　こっちより、春希の話を聞く仕事のほうが優先だ。なにより俺が楽しいしな」

「それなら、もう少しだけお邪魔します」

（……そうか。楽しいんだ）

ここにいてもいいのだと許可をもらえたようで、ほっとした春希はソファに腰《こし》を下ろした。

しばらくして、コーヒーカップを両手に持った平井が戻《もど》ってくる。

「さて、では情報集めといくか。──しかし、見事に洒落《しゃれ》っけがないな」

春希の前に座った平井は、無地の淡《あわ》い色のシャツにジーンズ姿の春希を眺《なが》めて苦笑《くしょう》した。

「スーツ姿より若く見える。いつもそんな感じ？」

スーツのときはムースで軽く上げている前髪《まえがみ》も、休日はいじらずに下ろしたままなので、いっそう若く見える。

「そうですね。高校生ぐらいから、ずっと……。お洒落って、どうも苦手で」

自分の存在自体が悪目立ちしている自覚があるから、身につけるものぐらいは目立たないようにしたいのだ。

「家の鍵《かぎ》とかはどうやって持ち歩いてるんだ？」

「カード式なのでサイフに入れてます」

「手帳は使ってる？」

「いえ。パソコンで管理しているので」

「で、携帯《けいたい》のストラップは地味にしておきたいと……。――んじゃ、今まで身につけたことのあるアクセサリー類は？」

「ないです」

「リングとかバングルとかを、恋人とペアで揃《そろ》えたりしたことぐらいはあるだろう」

「いえ。恋人なんていたこともないし……」

「一度も？」と、平井が驚《おどろ》いたように目を見開く。

「はい」

「その顔で？」

「この顔のせいだと思います。……いつも無表情で、しかも話してると徐々《じょじょ》に仏頂面《ぶっちょうづら》になってくるような奴《やつ》と、四六時中顔をつき合わせていたい人なんて滅多《めった》にいません」

ぱっと見は綺麗《きれい》だから、男女を問わず近寄ってくる人はそれなりにいたが、しばらく一緒《いっしょ》にいるとすぐにフェイドアウトされてしまう。

友達も同じ理由で作れないいまま……。

「……そうか」

「それでもいいと言ってくれる人がいても、俺のほうがどうしても踏《ふ》み込めなかったし」

「どうして？」

「たぶん、母を見て育ったせいかと……」

恋《こい》に狂《くる》って、家庭を崩壊《ほうかい》させた女性。

そんな彼女に対する凝《こ》り固まったわだかまりが、鏡の中に映る母親そっくりのこの顔を見る度《たび》に湧《わ》き上がってきて、春希が恋に踏み込むのを思い留《とど》まらせる。

「自覚はしてるのか……。それなのに駄目《だめ》？」

「そうですね。……他《ほか》のことでは流されっぱなしなのに、恋愛《れんあい》だけはどうしても駄目で……。流されてしまえば、少しは変われるのかもしれないけど……」

「いや、それは逆だろう」

「逆？」

「ああ。春希が変わるほうが先だ。その場の雰囲気《ふんいき》で流されたところで、心がついて来なければ意味がない。自分も相手も不幸になるだけだ」

平井が、真剣《しんけん》な表情を浮《う》かべて話す。

「そっか……。そうですね」

春希は目を伏《ふ》せた。

心が伴《ともな》わない結婚《けっこん》をしたことで、両親の結婚生活は散々な結果に終わった。

それと、同じことだ。

「……どうやったら、変われるのか」

知らず知らずのうちに春希は重いため息を零《こぼ》し、物思いにふけっていたが、平井がコーヒーカップを取り上げる動作が視界の隅《すみ》に映って、ふと我に返った。

「……あ。――すみません。なんか、考え込んじゃって」

「いや。聞いたのは俺だし。こっちこそ、立ち入ったことを聞きすぎたか？」

「それは全然平気です。……俺、こんなだから友達とかいなくて、こういう話を誰《だれ》にもしたことなかったんです。だから、むしろ話ができてスッキリしました」

胸の中でもやもやと整理がつかずにいた悩《なや》みが、話をすることで少し明確になった。

「なんだか、セラピーをしてもらってる感じ」

自分が精神的な問題を抱《かか》えている自覚はずっとあった。

セラピーに通ってみようかと思わないでもなかったが、東条家に関《かか》わる秘密を初対面の相手に話すことにためらいを感じて、今まで一度も通わないままだったのだ。

「そうか。この程度のことでも、役に立ってるんならよかった」

「はい。ありがとうございます」

自然に頭が下がる。

顔を上げると、平井が穏《おだ》やかな顔で微笑《ほほえ》んでいた。

（……優《やさ》しい感じ）

春希はふと、いま自分がどんな顔をしているのかが気になって、自分の頰《ほお》に触《ふ》れてみた。

手の平に伝わるのは、いつもと同じ輪郭《りんかく》。

（仏頂面のままだ）

こんな冷たい表情の人間が言ったお礼の言葉を、微笑んで受け止めてくれるなんて、なんて懐《ふところ》が広い人なんだろうと春希は感心する。

「平井さんは、こんな顔の人間を相手にしてて、嫌《いや》じゃないんですか？」

「綺麗な顔を眺めていられるんだ。むしろ幸せだね」

「いえ、そういう意味じゃなくて……。その……、俺の顔、不機嫌《ふきげん》そうに見えるでしょう？」

「そのことか」

慣れた、と、平井は悪戯《いたずら》っぽい表情を浮かべた。

「……慣れるものかな」

「慣れるさ。——ガキの頃《ころ》、猫《ねこ》を飼ってたことがあるんだけどな。それと一緒だ」

「猫？」

「ああ、猫だ。猫も笑わないだろう？」

「確かに」

ニャハハと笑う猫なんて、漫画《まんが》か童話の中だけの存在だ。

「でも、じゃれさせて遊んでやれば、楽しそうなのはこっちにも伝わってくる」

「俺の感情も伝わってますか？」

平井がしっかり頷《うなず》く。

「完全に……とはいかないが、なんとなくは……。そうでなくても、一目惚《ひとめぼ》れした相手と一緒にいられるんだから、それだけで充分《じゅうぶん》に楽しいさ」

「……そう言ってもらえると、凄《すご》く嬉《うれ》しいです」

また、自然に頭が下がる。

「お、もしかして、少しは期待してもいいってことか？」

「なにが？」

「だから、俺が君に一目惚れしたって話」

「ああ、この顔を気に入ってくれてるんですよね」

「いや、そうじゃなくて……って、そうか、駄目なんだったよな。そうでなくても会って二度目だし……」

平井は苦笑しつつ、「――さて、どうするか」と腕組《うでぐ》みしてひとり天を仰《あお》いだ。

「春希、男同士の恋愛に偏見《へんけん》は？」

上を向いたままの平井に聞かれた春希は、唐突《とうとつ》な質問に戸惑《とまど》いつつも「ないです」と首を横に振《ふ》る。そもそも、恋愛以前のところで足踏みしているような自分に、他人の恋愛をとやかく言う資格などない。

「あー、じゃあ、俺と恋愛してみないか？」

「…………はい？」

言われた意味がちゃんと把握《はあく》できずに首を傾《かし》げると、平井はやっと視線を春希に戻した。

「セラピーの一環《いっかん》だ。リハビリのつもりで俺相手に疑似《ぎじ》恋愛ってのは、どう？」

「平井さんと？」

「そう、俺と……。とりあえずは、友達以上恋人未満って感じで、楽しいことだけしてみるんだ。恋愛に対する悪い印象を塗《ぬ》り替《か》えるきっかけぐらいにはなるんじゃないかな？」

「ああ、なるほど、そういうこと……。恋愛に対する認識《にんしき》も、リフォームしてみるんですね」

（――それはいいかも）

特に親しい友達もいなかったから、他人の恋愛を間近で見たこともない。

春希が知っているのは、母親が恋《こい》している姿だけ……。

目の前にいるこの明るい人の恋愛観に触れることができたら、恋愛に対するイメージも少しは変わるかもしれない。

（それに、友達以上……）

ジュエリーデザイナーと客という立場じゃなく、この人と本当に友達になれるのならば、それはそれで凄く嬉しい。

（でも、本当にいいのか？）

春希にはありがたい話だが、平井にとってはかなり負担の大きい話だ。

素直《すなお》に甘えてしまっていいものか……？

人づき合いが下手《へた》な春希は、根本的なところで人との距離感《きょりかん》がうまくつかめない。

だから、ここで頷いていいものかどうか、ついついためらってしまって……。

「あー、やっぱり、ちょいと急ぎすぎたか……」

迷う春希を見て、平井が軽く苦笑《くしょう》する。

（あ！　まずい）

初対面の日に、素直に頷き損《そこ》ねて失敗したことを思い出して、春希は拳《こぶし》を握《にぎ》りしめて身を乗り出した。

「いえ！　平井さんがご迷惑《めいわく》じゃなければ、是非《ぜひ》!!」

勢い込んで言った途端《とたん》、平井が嬉しそうな顔になる。

（よかった。大丈夫《だいじょうぶ》だ）

その顔を見て、遠慮《えんりょ》しなくて正解だったと、春希はほっと胸を撫《な》で下ろした。

「じゃ、決まりだ。ルビーのリフォームの件も同時進行な。つき合ってるうちに、きっといい案が見つかるからさ」

「はい。よろしくお願いします」

深く頭を下げると、「他人行儀《ぎょうぎ》だな」と平井に笑われた。

「疑似とはいえ、恋人同士ってことになったんだから、もっと気楽にふるまえ。口調も、普段《ふだん》みたいにしてればいいからさ」

（普段みたいにって言われても……）

母親が死んで以来、いつもこんな調子だ。

気楽につき合えるような相手がいなかったことをわざわざ吹聴《ふいちょう》するのは悪趣味《あくしゅみ》だし、言えば平井は悲しむような気がして、春希はただ「わかった」と頷いた。

「他にはどうすればいい？」

「会えない日でも、一日一回はメールな。後はデートだ。——春希は普段、どんなところに遊

だ

「遊びって意識しては出歩かない。休日に出掛《でか》けるときは、買い物がてらの散歩程度だけ。だから、平井さんに合わせる」

「よし、任せとけ。——じゃ、とりあえず、今日は軽く飲みに行くか」

「はい！」

（よしっ、完璧《かんぺき》！）

今度はタイミングを逃《のが》さず頷けたと、春希がちょっと悦《えつ》に入っていると、バタンと背後のドアが勢いよく開いた。

「平井、仕事持ってきてやったぞ！」

平井に負けず劣《おと》らず明るい声が、部屋に反響《はんきょう》した。

振り向くと、ブランド物の派手な服を着た、遊び人風の男が立っている。

「お、客か？　珍《めずら》しい」

春希と目があった男は、おおっ！　と目を見開き、次いで満面の笑《え》みを浮《う》かべた。

「俺好みの気が強そうな高慢《こうまん》美人じゃないか。——平井、紹介《しょうかい》しろ」

男が、春希に向かってずいっと歩み寄ってくる。

平井はソファから立ち上がると、すかさずその前に出た。

「全然違《ちが》うぞ。彼は気は強くないし高慢にはほど遠い。むしろ鈍《どん》くさくて天然だ。おまえが一番苦手なタイプだ」

(鈍くさいって……)

のしっと言葉に重みを感じるのは、自分でもそれを自覚しているからだ。

(平井さんって凄い)

会って二度目、まだ数時間しか一緒《いっしょ》にいないのに、仏頂面《ぶっちょうづら》の下の性格を、ある程度把握してくれているんだから……。

「嘘《うそ》つけ。予防線張ろうとしても無駄《むだ》だぞ」

「嘘じゃねぇよ。――つーか、とっとと帰れ。これから俺達はデートだ」

「デートって……。美人を独り占《じ》めかよ。――ねえ、君。こいつより、俺とつき合ったほうがずっと楽しいぜ。乗り換《か》えなよ」

男が、ガードする平井を押しのけて、「ね？」と春希に微笑《ほほえ》みかける。

「……え？　どうして？」

平井とつき合うのは、セラピーの一環なのだ。乗り換えるとか、そういう問題じゃないだろうと、春希は首を傾げる。

「うわっ、マジで鈍くさっ」

戸惑う春希を見て、男はあからさまにガッカリした顔をする。

「……すみません」

なにやら失望させてしまったようだ。

ソファから立ち上がりながら春希が謝ると、男はコロリと機嫌を直し笑顔を見せた。

「こっちこそ、早とちりして悪かった。――俺は北斗聡志《ほくとさとし》。こいつの大学時代からの友達だ。よろしく。で、君は？」

「あ、光原です。光原春希」

平井を押しのけるようにして、北斗が右手を差し出す。

握手《あくしゅ》を求められているのかと春希が手を出したら、北斗は左手に持っていたウイスキーのボトルを春希に手渡《てわた》した。

「じゃ、お近づきのしるしに、一緒に一杯《いっぱい》飲もうか」

「……え？――あ、山崎の50年！　これ、すっごくいい酒」

春希も重俊のつき合いで、一度しか飲んだことのない国産の高級ウイスキーだ。

本来ならば木製のケースに大切に収まっているはずなのだが、裸《はだか》で持ち歩くとは随分《ずいぶん》と豪気《ごうき》だとついつい感心してしまう。

「お、けっこう詳《くわ》しいんじゃないか。嬉《うれ》しいな。――おい、平井。グラス」

「あのな、俺はおまえの召《め》し使いじゃねぇぞ」

「はいはい。じゃあ、俺が持ってきてやるか」

何度も出入りしているらしく、北斗は仕事場脇《わき》のキッチンスペースから三人分のショットグラスを手に戻《もど》ってきて、偉《えら》そうな態度でソファに座った。

「平井、おまえもそっち座れよ」

「馬鹿《ばか》言え。俺達は、これからデートで、ふたりきりで飲みに行くんだ。おまえなんかに構ってる暇《ひま》はねぇんだよ」

「そのデートの相手は、もう飲む気満々みたいだけど？」

「……春希？」

ソファに座り、手渡されたボトルの封《ふう》を無言でせっせと外していた春希は、視線を感じてハッと顔を上げた。

「あ……。ごめん、勝手に……」

「もしかして、酒好き？」

「……かなり」

しかも、この手のモルトウイスキーは大好物で、ついつい手が勝手に動いてしまう。

恥《は》ずかしさに首をすくめると、平井は仕方ないなと苦笑して春希の隣《となり》に座った。

「つまみも氷もないけど、平気か？」

「全然平気」

「意外だな。酒、弱そうなタイプに見えたけど……」

「それで、春希ちゃんを酔《よ》わせてみようって思ってたってか？　下心丸見えじゃないか。ガツガツしててやだねぇ」

「うるさいよ」

「で、いつからのつき合い？　半月前ぐらいには、おまえフリーだったよな？」

「ついさっき口説いたばっかりだ。初デートするつもりだったのに、邪魔《じゃま》しやがって」

「そういうなって……。春希ちゃんのほうは乗り気なんだからさ」

ね、春希ちゃん？　と話しかけられて、せっせと三人分のグラスにウイスキーを注ぎ入れていた春希の手がぴたっと止まる。

（――あ。またやった？）

空気読めてない？　と首をすくめながら、春希がおそるおそる平井を見ると、平井は愉快《ゆかい》そうに口元をゆるめていた。

「確かに、凄《すご》く乗り気だな。春希を釣《つ》るには酒が一番だって、しっかり覚えとくよ」

（大丈夫そう）

よかった、とほっとする。

乾杯《かんぱい》してから、三人同時にグラスに口をつけた。

（……やっぱり、美味《うま》い）

滑《なめ》らかな舌触《したざわ》りと甘く芳醇《ほうじゅん》な香《かお》り。

少量を口に含《ふく》んで味を確かめた春希は、期待通りの味わいに浮き浮きした。

だが、北斗の目にはそうは見えなかったらしい。

「春希ちゃん、期待はずれだった？」

怪訝《けげん》そうに問われて、慌《あわ》てて首を横に振《ふ》る。

「とんでもない。凄く美味《おい》しいです」

「そう？　美味しそうには見えないけど……」

そう言われて、困った春希はちょっと努力してみた。

（……美味そうな顔）

それはやっぱり笑顔だろうと、平井の理想的な曲線を脳裏《のうり》に描《えが》きつつ、唇《くちびる》の端《はし》を上げてみる

……が、やっぱり駄目だった。

「春希、無理するな」

平井の指が、ひきつっていた春希の頬《ほお》をつつく。

「北斗、この人の表情がぎこちないのには目を瞑《つぶ》ってやってくれ。基本的に鈍くさくて穏和《おんわ》な性格だから、他意はない」

「わけあり？　なら、了解《りょうかい》。――それなりの酒だからね。楽しんでもらえなきゃもったいないと思っただけ。本当に美味しいと思ってくれるなら上々だ」

軽い口調で微笑みかけられ、なんとなくほっとした春希は「凄く美味しいです」と、生真面《きまじ》目《め》に同じ言葉を繰《く》り返した。

（北斗さん、初対面のイメージ通りの人だ）

軽く明るい口調に、わざとらしいぐらいにコロコロ変わる表情と大きな仕草。

気さくで取っつきやすい感じがする。でも……。

（ちょっと落ち着かない）

その軽くて速いペースは、春希にはめまぐるしすぎるようだ。

「春希ちゃんは、普段《ふだん》からこういうの飲んでるの？」

「さすがにこのランクは無理です。普段は、もっとずっと下のランクのを飲んでます」

「いえ。ソーダで割ってます」

「ストレートで？」

「そうなのか……。だったら、ちょっと近所のコンビニまで行って買って来ようか？」

平井の親切心からの言葉に、春希は慌てて首を横に振る。

「こんないいお酒、割ったらもったいないから……」

「お、春希ちゃん、わかってるねぇ。ちなみに、自分の適正酒量もわかってる？　普段からストレートで飲みつけてないんなら、充分《じゅうぶん》に気をつけて飲みなよ」

「ありがとうございます。でもボトル一本ぐらいまでなら全然平気なんで、ご心配なく」

春希は、軽く頭を下げた。

「ワイン一本？」

春希がペロリとグラスを舐《な》めながら「いえ、ウイスキーで」と答えると、残りのふたりは「そりゃ凄い」「酒豪《しゅごう》だな」と口々に呟《つぶや》きながら、思いっきりびっくりした顔をした。

「ボトル一本で全然平気なのか……。俺なんて、ボトル半分でダウンだ」

「平井、どさくさに紛《まぎ》れて嘘をつくな。ボトル三分の一程度で記憶《きおく》が飛ぶ癖《くせ》に……。――春希ちゃん、いいことを教えてあげようか？」

「なんですか？」

「この男に頼《たの》み事があるときは、酒を飲ませるのが一番だからね。ちょっと飲み過ぎただけで

も超《ちょう》ご機嫌《きげん》になって、なんでもほいほい言うこと聞いてくれるからさ」

北斗が平井を指さしながら言った。

「泥酔《でいすい》してる状態で、それはちょっと……」

騙《だま》しているみたいで気が引ける。

春希が口ごもると、脇から平井の手が伸《の》びてきて、頭を軽く撫《な》でていった。

「春希は純粋《じゅんすい》でいいなぁ。——おい、北斗、飲ませて仕事のOK出させようとしても駄目《だめ》だぞ。この先一年は新しい仕事を入れないからな」

「そういうなって……。けっこうしつこく仲介頼《ちゅうかいたの》まれちゃってて、困ってるんだよ」

「知るか。仕事を集めてくれなんて頼んでねぇだろ」

「確かにそうだけど、俺がおまえの新作を見たいんだよねぇ。先方は何年でも待つって言ってくれてるし、会うだけ会ってみない？」

「断る」

「そう言わずに……。最高ランクのアレキサンドライトが手に入ったとかで、宝石のクオリティーに見合ったデザインのリングにしたいって言ってる人がいるんだよ」

身を乗り出すようにして話す北斗の手には、さりげなくウイスキーのボトルが握《にぎ》られていて、テーブルに置かれた平井のグラスにトクトクと琥珀色《こはくいろ》の液体がたまっていく。

「アレキサンドライト？」

「そ。俺も見せてもらったけど、あのランクはちょっと見ないね」

「カラット数は？」

「五カラット越《ご》え」

「ちょっとでかすぎるな」

「依頼《いらい》主は男性だけど？」

「だったらいけるか……。でもなぁ」

う～んと悩《なや》みつつ、平井はグラスを手に取り、ぐいっとウイスキーを呷《あお》った。

コーヒーを飲むのと同じ勢いで、ごくごくっと平井の喉《のど》が動く。

（……大丈夫《だいじょうぶ》なのか）

春希は思わず眉《まゆ》をひそめた。

どうやら平井は考えるほうに夢中になっているようで、自分が飲んでいるのがアルコール度数五十三パーセントのウイスキーだということを失念しているようだ。

（止めたほうがいいかも）

たぶん、これが北斗のいつもの手なんだろう。

このままだと、平井が北斗の術中にはまってしまうのは間違《まちが》いなさそうだ。

平井と北斗とを交互《こうご》に見ながら、春希が悩んでいると、それに気づいた北斗が口元に人差し指を当てて、ニヤリと微笑《ほほえ》んだ。

（……止めよ）

それが邪悪《じゃあく》な笑《え》みに見えた春希は、平井の腕《うで》にそっと触《ふ》れた。

「平井さん、そんな飲み方したら、せっかくのウイスキーがもったいない」

「お、そうだな」

我に返った平井がグラスをテーブルに置く。

北斗に「めっ」と言わんばかりに軽く睨《にら》まれたが、春希は首を軽くすくめて誤魔化《ごまか》した。

内心ではけっこうどきどきしていても、顔はいつものように仏頂面《ぶっちょうづら》のまま。

感情が顔に出ないこともたまには役に立つ。

(でも、怒《おこ》らせたか)

平井の友達に嫌《きら》われたくないと少し不安だったが、北斗はその後も明るく軽い態度を崩《くず》さずにいてくれた。

春希が客としてこの店を訪《おとず》れたことや、平井とはまだ二度目で、この店以外の場所での平井のことを全然知らないことを知ると、面白《おもしろ》がって平井の経歴を教えてくれる。

「春希ちゃんはいい物件つかんだよ。こいつはね、天才なんだ」

「天才?」

「そう。天才ジュエリーデザイナー。――ファイリングされてる写真は見た?」

「あ、はい。見せてもらいました」

北斗はカウンターから写真が収めてあるファイルを持ってきて、テーブルに開いた。

「これ、全部俺が撮《と》らせてるんだ。ひとめ見ただけで、かなりグッとくるだろ?」

プラチナのみで仕上げた月桂樹《げっけいじゅ》の冠《かんむり》をモチーフにした繊細《せんさい》なネックレスを指さし、これは某《ぼう》有名女優がレッドカーペットの上を歩くときに身につけていた品なんだと、まるで我がことのように自慢《じまん》げに説明してくれる。

「ファンも沢山《たくさん》いてさ、作品を欲しがる人は山といる。それなのにこいつ偏屈《へんくつ》だからさ、自分が気に入った仕事しか引き受けないんだ。そのせいで、妙《みょう》にプレミアがついちまってさ」

金を積めば作ってくれるのかと迫《せま》る人もいれば、別荘《べっそう》やらクルーザーやらを提供するからと、物で懐柔《かいじゅう》して仕事を引き受けさせたがる人もいる。

大人気なんだよな？　と北斗に言われて、平井は嫌《いや》そうに顔をしかめた。

「違う。話題性だけが先行して、うっかり有名になっちまっただけだ」

知人の依頼をコツコツこなしていたのだが、その中に芸能人や政財界の有名人がいたりしたものだから、その付加価値で話題になっただけだと平井が主張する。

「そうは言ってもさ。本当にいいものだから、みんな金に糸目をつけずに欲しがるんだぜ？」

北斗は、平井の自己評価に不満そうだ。

「話題が一人歩きしてるだけだ。欲しがってるのは俺のデザインじゃなく、自慢できるアイテムなんだろうよ」

「一人歩きなんかしてないって。正当な評価だ。例の有名ブランドのデザイナーだって、おまえのデザインに惚《ほ》れ込んで誘《さそ》ってくれてるんじゃないか。なんでそう偏屈なのかな」

「デザインに惚れたから、大量生産させてくれってか？　冗談《じょうだん》じゃないよ。俺は自分のこの手で、一点一点丁寧《ていねい》に作品を作りあげていきたいだけなんだ。これ以上の騒動《そうどう》はゴメンだ」

「——って言って、せっかくの儲《もう》け話を断った上に、以前から予約入れてた固定客以外の仕事を全部断っちゃってるんだよ」と、北斗は、いきなり春希に話しかけてきた。

「この店舗《てんぽ》を開いたのも、ちょうどその頃《ころ》。——派手な仕事はひとまず休止して初心に返る。こういう古びたビルで小さな店舗をやるのが分相応——とかって年寄りじみたことを言うんだぜ。しかも、ここに店を開いたことがばれると騒《さわ》ぎになるって、本来の顧客層《こきやく》には内緒《ないしよ》にしてるしさ。宝の持ち腐《ぐさ》れもいいところだよ。春希ちゃんだってもったいないと思うだろ？」

「……えっと……。あの、申しわけないんですが……。そうは思えません」

頷《うなず》かれるのが当然だと思ってそうな勢いの北斗に、春希は遠慮《えんりよ》がちに答えた。

「平井さんが楽しく仕事ができるのが一番だと思います。それができるのって、とても幸運なことだと思うし、経済的に問題ないなら無理に仕事を入れる必要はないんじゃないかと……」

きっと平井は、名誉《めいよ》や儲け話より作品の完成度に心を向ける芸術家肌《はだ》の人間なのだ。

企業《きぎよう》や社会の歯車に組み込まれて生きている者とは、価値観がまったく違う。

違う価値観から出た意見を押しつけたところで、頷くわけがない。

「うわ〜。春希ちゃんは、本当にいい子なんだねぇ」

ひどく残念そうに言う北斗に、「だろ？」と得意げに平井が応じる。

「この高慢《こうまん》そうな顔だけは好みなのに……。残念だけど、平井とお似合いだよ」

まあ飲みなさい、と北斗が春希に向かってボトルを差し出す。

(誉《ほ》められた？　それとも、けなされた？)

微妙《びみょう》な言い回しに戸惑《とまど》いつつも、グラスを出してありがたくちょうだいする。

春希をだしに平井を説得するのを諦《あきら》めたらしく、その後の北斗は、平井の仕事の話題を出さなくなった。

その代わり、平井の大学時代の話をあれこれ披露《ひろう》してくれる。

春希を楽しませようとしているのか、小さなエピソードをわざと面白く脚色《きゃくしょく》して話す北斗に、平井がそれは違うだろうと突《つ》っ込みを入れる。

お互《たが》いの記憶の齟齬《そご》に首を傾《かし》げ、おまえが勘違《かんちが》いしてるんだとか、そっちが記憶《きおく》をねつ造してるんだとか気安く言い合うふたりを脇《わき》で眺《なが》めながら、春希は密《ひそ》かに羨《うらや》ましく思う。

(楽しそう)

同じ記憶を有する相手は、今の春希にはいない。

東条の屋敷《やしき》では、離《はな》れに住まわせてもらっているからひとり暮らしのようなものだし、学生時代には特に親しい友達も作れなかった。

会社の同僚《どうりょう》とも、同じこと。

そんな自分に疑問をもたず、仕方ないと諦めていた。

(……変わりたい)

そう思って踏《ふ》み出した、最初の一歩がこの場所。

ここから新しく広がる人間関係は、簡単に諦めないようにしよう。

グラスを舐《な》めながら、そんなことを思った。

3

平井の店で酒を飲んで帰った夜、春希は重俊にきつく叱《しか》られた。

休日に出歩くことなど滅多《めった》にない春希が、夜になっても帰ってこなかったから心配してくれていたらしい。

帰ってきた春希が離れの明かりをつけたことで帰宅を知り、広い庭をわざわざ横断してやって来た重俊は、春希の息が酒臭《くさ》いのに気づいて、ぷっつり切れた。

言い訳する暇《ひま》もなくガミガミと頭ごなしに叱られて、春希はただひたすら謝った。

そうこうしているうちに最初の剣幕《けんまく》が薄《うす》れてきて、重俊も徐々《じょじょ》に落ち着いてきて……。

『遊ぶなとは言わん。だが、遅《おそ》くなるときは連絡《れんらく》はしろ』

——心配するだろうが、と、重俊は最後に小さく呟《つぶや》いた。


(重俊さま、基本的に短気だから……)

カッと頭に血が上ると、まわりが見えなくなる。

(最近、繁樹さまとうまくいってないのも、きっとそのせいだ)

大学生にもなった孫を頭ごなしに叱ってばかりでは、煙《けむ》たがられても仕方ない。

言うことを聞かせたくて怒《おこ》ってるんじゃなく、心配しすぎて怒っているんだってことが、繁樹にも伝わればいいのだが……。

(……もったいない)

心配してもらえるありがたさに気づいていないなんて……。

部下達のスケジュールをチェックしながら、そんなことをつらつら考えていた春希は、「もしかして、ご機嫌《きげん》ですか?」と、脇からボソッと聞こえてきた三池の声にビクッとした。

「ど……どうして、そう思うんですか?」

図星だっただけに、春希は恥《は》ずかしくて首をすくめた。

「指がデスクの上で調子よくリズムを刻んでましたので……」

(平井さんが言った通りだ。雰囲気《ふんいき》で伝わるってこともあるのか)

日曜日以来、春希はいつになく上機嫌だ。

重俊が言葉ではっきり『心配する』と言ってくれたことが嬉《うれ》しくて仕方ない。

それに、疑似恋愛《ぎじれんあい》の相手になってくれた平井が、ちょくちょく送ってくれるメールが新鮮《しんせん》で、それも楽しくて仕方ない。

平井が送ってくるのは、いわゆる写メというやつだ。

道ばたで見かけた犬猫《いぬねこ》やら変わった形の石、草花や空模様などを携帯《けいたい》で撮っては、気楽な調子で送ってくれる。本文は注釈《ちゆうしやく》程度で至ってシンプル、メインは写真で、平井の目線をそっくりそのまま送ってもらえている感じだ。

綺麗《きれい》なものが好きな平井が撮《と》る写真は、やっぱりどれも綺麗だし、雰囲気も優《やさ》しい。同じものを見たとしても、きっと春希には気づくことすらできないだろう小さな美しさを、そうっとすくい上げて見せてもらえているみたいで得した気分にもなる。

重俊に怒《おこ》られたから今週は自主的に外出を控《ひか》えようと思っていたのだが、送られてくる写メを見る度《たび》に、平井の店に行きたい気持ちが募《つの》ってきて、ちょっと困ってもいるのだが……。

「ご機嫌なところで、ひとつ相談したいことがあるのですが？」

笑《え》みを浮《う》かべた三池に言われて、「はい、伺《うかが》います」とゆるみがちになる気持ちをぴしっと引き締《し》める。

三池の相談事とは、仕事の割り振《ふ》りの件だった。

今まで自分がやっていた部下達の勤務態度に関する報告文書の作成を、春希にやってくれないかと言うのだ。

春希は軽く眉《まゆ》をひそめた。

「その仕事って、元々私がやるべきことなんじゃないですか？」

新参者だから助言は絶対に必要だが、立場上間違《まちが》いなく自分の仕事だ。

「前任の室長が、私に一任してくれていたんですよ」

「ああ、三池さんは有能だから」

「ありがとうございます。その流れで、今までは私がそのままやらせていただいていたのですが、室長も仕事にも慣れてきたようですし、そろそろどうかと思いまして……」

「はい、是非《ぜひ》やらせてください」

本来、自分の仕事なのだし、自分よりずっと忙《いそが》しくしている三池も少しは楽になって一石二鳥。春希は深く頷いた。

そのまま三池から、評価項目《こうもく》などの基準の説明を受けていたのだが、「室長、外線です」と離れた席の部下に声をかけられて中断した。

外部の客とはほとんど顔を合わせていない自分に電話？　といぶかしんでいると「会長からです」と言われて、慌《あわ》てて受話器を取った。

「はい。光原です」

『今から茶会に行くぞ。途中《とちゅう》で拾うから、玄関《げんかん》ホールまで降りてこい』

「え？　ですが、重俊さま。いま仕事中なんですが……」

『いいから、来い』

断る暇もなく、電話は切れた。

(……困ったな)

春希が学生の頃までは、重俊のお供でよくあちこち連れ回されていたが、働くようになってからはほとんどなくなっていた。

重俊が人前に春希を連れ出す度に、重俊と自分に関する妙《みょう》な噂《うわさ》が再燃するのがわかっていたので、春希としてはほっとしていたのだが……。

「会長はなんと？」

「あ、茶会の付き添《そ》いをしろと」

戸惑いながら答えると、三池は机の上に広げていた資料をささっと片づけてしまった。

「では、続きはまた明日にでも」

「ですが、まだ仕事中ですし……」

「会長のお供は室長の仕事の範疇《はんちゅう》です。あなたをここに引き抜《ぬ》くことにしたときから、会長もそれを楽しみにしてらっしゃいました。後のことは私に任せて、すぐに行ってください」

三池に背中を押されるようにして、春希は部屋から追い出された。


茶会の会場は、旧華族《かぞく》の流れを汲《く》む名家の広い庭園だった。

結城紬《ゆうきつむぎ》の和服を着た重役の後ろに付き従って、見事に手入れされた庭を拝見しながら、春希はひっそりため息をつく。

(以前と同じだ)

庭を散策する招待客達、高価な和服に身を包み上品そうに微笑《ほほえ》む人々のごく一部には、ひどく底意地の悪い人達もいて、風に乗って春希の耳に届く程度の声でわざとらしくひそひそと囁《ささや》き合っている。

――お稚児《ちご》さんをまた連れてきたようですわね。

――あれが、噂の……。しかし、お稚児さんと言うには、少しばかり歳《とし》を食い過ぎているようにも見えますな。

含《ふく》み笑いと共に囁かれる、嫌《いや》な言葉。

聞きたくもない噂を聞かされている春希は、不愉快《ふゆかい》に思うよりも先に、少し心配だった。

(重俊さまのお耳に噂が入らなければいいけど……)

寄る年波で、少しばかり耳が遠くなってきているから大丈夫《だいじょうぶ》だとは思うが、やはり気になる。

重俊は、自分達の悪い噂を知らないのだ。

だからこそ、なんのためらいもなく春希を連れ歩く。

しかも困ったことに、今日の重俊は、春希のことを会う人ごとに紹介《しょうかい》してばかりいる。

儂《わし》が目をかけてやっている東条本社の秘書だ、となにやら得意そうに……。

微笑むことはできないものの、少しでも仏頂面《ぶっちょうづら》にならないように気をつけながら、その度に春希も頭を下げてよろしくお願いしますと挨拶《あいさつ》していた。

重俊に紹介された相手のほとんどが、悪い噂を知っているようで、食い入るように春希の顔を眺《なが》めていく。

正直疲《つか》れるが、楽しそうな重俊を見ていると、止《や》めてくださいとも言い辛《づら》い。

(……まいった)

知人と話し込んでいる重俊の邪魔《じゃま》をしないよう、少し離《はな》れた場所に立っていた春希は、軽い息苦しさを覚えた。

人差し指でくっと襟元《えりもと》を引っ張って深呼吸していると、ぽんっと肩《かた》を背後から叩《たた》かれる。

「やっぱり。春希ちゃんだ」

振り向いた先には、北斗の明るい顔。

「……北斗さん？　どうして、ここに？」

「親が勝手に見合いをセッティングしててさ。それに気づいて、今から逃《に》げるところ。——春希ちゃんこそ、どうしてここに？」

「あ……。俺は、会長の付き添いで……」

「会長って……。もしかして……？」

北斗が、こっそりと重俊を指さした。

「はい」

春希が頷《うなず》くと、それまでの明るい表情を一変させ、すっと冷静な顔になる。

「まさかとは思うが、東条の会長の世話になってるわけじゃないよな？」

「いえ、あの……。お世話にはなっています」

中学の頃《ころ》から育てていただいているのだと春希が続けるより先に、「なんてこった」と北斗が吐《は》き捨てるように言う。

「東条の会長が育てているお稚児さんが久しぶりに顔を見せたっては聞いていたが、まさか君だったなんて……」

「いえ、あの……」

世話にはなっているが、そういう意味ではないと説明したかったが、北斗があまりにも怒《いか》りをあからさまにして睨《にら》みつけてくるものだから、気圧《けお》されてしまって言葉が出てこない。

「平井はこのこと……。いや、知ってるわけないか……。知ってたら、絶対に黙《だま》ってないだろうからな。――いいか。あの男を騙《だま》して、傷つけるような真似《まね》だけはするな。あの男は、おまえみたいな寄生虫とは比べものにならない価値があるんだ。あいつの創作意欲にケチをつけるような真似をしたら、おまえを絶対に許さないからな」

「あ、ちょっ……。北斗さん」

言うだけ言うと、北斗はあっさりきびすを返して春希から離れていく。

呼び止めても振り向きもしない。

(……誤解された)

しかも、こんなにあっさりと……。

平井の店での飲み会が楽しかっただけに、なんだかひどくショックだ。

(でも、そうか……、そうだよな。俺なんかを、友達として好きになってくれるわけないし)

あの日の北斗が親切で優しかったのは、春希を平井の大切な人だと認識《にんしき》していたから。

決して、春希自身の友達になってくれたわけじゃない。

呆然《ぼうぜん》と立ちすくむ春希に、「どうした？」と重俊が声をかけてくる。

「今のは北斗の次男坊《じなんぼう》だろう。知り合いだったのか？」

「はい……。――北斗というと、あの不動産系の？」

「そうだ。跡継《あとつ》ぎはしっかり者らしいが、次男坊のほうは、いまだにろくに働かず、ふらふらと遊び歩いているらしいな」

北斗コーポレーションは、不動産やコンサルティング業がメインの上り調子の有名企業《きぎょう》だ。いわゆる上流階級の人間と繋《つな》がりがあるから、東条にまつわる醜聞《しゅうぶん》にも通じていたんだろう。

「あいつに、なにか言われたのか？」

北斗の消えた方向にずっと春希の視線が向いていることに気づいた重俊が、いぶかしそうに聞いてくる。

「いいえ。なにも……」

春希は慌てて首を振《ふ》る。

いつものように誤解されて、いつものように嫌《きら》われてしまっただけ……。

今さら、傷つくようなことでもなかった。


お茶会の後、春希はなにやらご機嫌《きげん》な重俊に、料亭《りょうてい》に連れて行かれた。

個室に用意されたお膳《ぜん》は三人分。

なにかの接待なのかといぶかしんでいたら、少し遅《おく》れてやってきた最後のひとりは、重俊の孫の繁樹だった。

仲居に案内されて部屋に入ってきた繁樹は、無言のまま席に座る。

大学から直接来たのか、今時の大学生らしい格好だ。

ダメージ加工を施《ほどこ》されたジーンズに身体《からだ》にぴったりしたインナー、派手な柄物《がらもの》のシャツを羽織り、大ぶりのシルバーアクセサリーを首と腰《こし》とにつけている。

(繁樹さま、随分《ずいぶん》と格好よくなった)

幼い頃は、目がくりっとして可愛《かわい》い感じだったのが、成長してすっかり男らしくなった。

きりっとした眉《まゆ》や強気そうな目の輝《かがや》きは、写真の中でしか知らない実の父親の面影《おもかげ》が色濃《いろこ》く見える。

母屋《おもや》と離れとに別れているから、同じ敷地《しきち》内で暮らしていても繁樹と春希は顔を合わせる機会は滅多《めった》にない。弟の成長ぶりを久しぶりに間近で見られて、春希は密《ひそ》かに喜んだ。

だが重俊は、繁樹の服装が不満だったようだ。

「ちゃんとした格好をしてこいと言っておいただろうが。なんだ、その破れた服は！」

貧乏《びんぼう》くさい、だらしない、と頭ごなしにガミガミ言いはじめる。

怒《おこ》られるのに慣れているのか、繁樹は馬耳《ばじ》東風《とうふう》の構えだが、春希はたまらずにひとり首をすくめた。

(せっかく、久しぶりに会えたのに……)

この調子では最悪の会席になってしまいそうだ。

「あの……重俊さま？」

意を決して、そっと声をかけると、「なんだ！」と怒った勢いのままの重俊に怒鳴《どな》られた。

すみません、と条件反射で首をすくめつつも、頑張《がんば》って口を開いてみる。

「あの……、繁樹さまの服はボロなんじゃなくて、最初から破れたような加工が施してあるんです。破れたところを見てください。羽織ってるシャツと同じ柄が見えてるでしょう？」

「破れたところに、貧乏くさく、当て布をしてるだけだろう」

「それはそうなんですけど……」

だが、それがお洒落《しゃれ》なのだ。

「ああいうのが、今の若者達の『粋《いき》』なんですよ」

「そういうものか？　だが、おまえがああいう格好をしているところは見たことがないぞ」

重俊は納得《なっとく》がいかないらしく、孫の服をジロジロ眺めている。

「俺は無粋《ぶすい》なので……。でも、繁樹さまはお洒落がお上手ですよ。粋で格好いいと思います」

「だが、あのおもちゃの首輪はいかんだろう」

「いえ。あれも、俺の目にはとても格好よく見えます。あまり詳《くわ》しくないので、ブランドまではわかりませんが……」

「――クロムハーツだ」

重俊がガミガミ言っている間に仲居が運んできていた料理を、ひとりで黙々《もくもく》と食べていた繁樹がボソッと呟《つぶや》いた。

「ああ、それなら俺でもわかる。重俊さま、クロムハーツは若者の間で、とても人気の高いブランドなんですよ」

「ほう、そうなのか？」

重俊はやっと納得してくれたようで、少し表情が穏《おだ》やかになる。

孫のことを格好いいと言われて、機嫌がなおっただけかもしれないが……。

その後、無事に食事も終わり、帰り際《ぎわ》。

用があるからと先に部屋から出た繁樹が、すれ違《ちが》いざまに春希の耳元でボソッと呟いた。

「サンキュ」

重俊を説得したことへの礼か、それとも格好いいと誉《ほ》めたことへの礼か……。

どちらかはわからなくとも、春希は自分に直接向けられた言葉が嬉《うれ》しくてたまらない。

(これで、二度目だ)

繁樹に話しかけられたのは……。

一度目は初対面のとき。母親を亡《な》くしたばかりで寂《さび》しかった春希が、血の繋がった人々と一緒《いっしょ》に暮らせるという淡《あわ》い期待を胸に東条の門をくぐり、はじめて見る幼い弟の顔に喜びを感じたその次の瞬間《しゅんかん》、『おまえなんか死ね！』と、痛い言葉を投げつけられた。

それ以降、繁樹は一言も声をかけてはくれなかったし、目を合わせてもくれなかった。

繁樹がそんな態度を取るのも無理はないと思う。

繁樹にとって春希は、自分の父親と一緒に死んだ不倫《ふりん》相手の女の子供。

父親に裏切られ、母親に捨てられる。そんなひどい目にあった繁樹の怒りの矛先《ほこさき》が向けられる相手として、自分が一番ふさわしかったのだ。

だからずっと、繁樹との距離《きょり》が縮まることはないだろうと諦《あきら》めていたのだが……。

(嬉しい)

思い切って、重俊を説得してみてよかった。

説得できたのは、重俊の頭ごなしの怒《いか》りの裏に愛情があることを知ったせいだ。

だから、首をすくめて怯《おび》えるだけじゃなく、説得するための勇気がもてた。

(変われそうかも……)

そう思えることが、やっぱり嬉しい。

自分が変わることで、まわりの状況《じょうきょう》も少しずつ変わっていくかもしれない。

(平井さんに、繁樹さまに話しかけられたことを報告したい)

屋敷《やしき》に帰ってから、春希は携帯《けいたい》を手に取った。

繁樹のことは話していなかったから、平井に報告したところで首を傾《かし》げるに違いない。

それでも、この嬉しいという気持ちだけは感じとってくれて、きっと一緒に喜んでくれる。

一緒に喜んで欲しいと思う気持ちのまま、携帯を操作した。

メール機能なんて、平井に会うまでろくに使ったこともなかったから、まだ不馴《ふな》れな手つきでせっせと入力して、間違いがないか文章を読み返してみる。

そして、送信ボタンを押した直後。

(……北斗さん、あの後どうしたかな)

春希の悪い噂《うわさ》を、警告がてら、平井の耳に入れに行ってはいないだろうか？

そんなことが、ふと気になった。

4

朝のミーティングが終わり一段落して気が抜《ぬ》けた春希は、ちょっとぼけっとしていた。

「——今日は上の空ですか？」

そこに三池から、耳元で低い声でボソッと言われてビクッとする。

「……あ、三池さん……」

(なんでこの人相手だと、ついビクッとしてしまうんだろう)

怯えているみたいで、ちょっと失礼な気がする。

「昨日の続きを説明したいのですが、体調が悪いのなら来週にしましょうか？」

「いえ、大丈夫《だいじょうぶ》。ちゃんと聞きますので、是非《ぜひ》教えてください」

いけないいけない、と軽く首を振って雑念を追い払《はら》い、春希は仕事に専念した——。

——つもりが、なかなか集中できず、同じことを何度も三池に聞き返してしまった。

終《しま》いには、「来週には立ちなおっていてくださいね」と言われる始末だ。

そんなこんなでなんとか一日の仕事を終えて、いつもの送迎《そうげい》の車で東条の屋敷に帰った。

門をくぐり、広い庭を抜けて、奥まった場所にある住み処《か》である離《はな》れに向かう。

洋館風の頑丈《がんじょう》な造りの母屋とは違い、春希の住む離れは一風変わった和風の建築物だ。

基本設計は和風の平屋建てなのだが、内部には畳《たたみ》の部屋はなく、すべて板張りという変わった作りになっていて、中にある調度品は古びた物ばかり。

ここに来たばかりの頃《ころ》は物の価値などまったくわからなかったから、自分は普段《ふだん》は使われていない廃屋《はいおく》に押し込まれたのだと思ったものだ。

だが、重役に連れ歩かれて名家と呼ばれる家々に出入りするようになり、徐々《じょじょ》に目が肥えてくると、自分が勘違《かんちが》いしていることに気づくようになった。

ここは廃屋などではなく、むしろ歴史的な価値があるような建物なのではないかと……。

高校生の頃、離れの掃除《そうじ》や食事の世話などをしてくれていた東条の使用人、滝《たき》にそのことを聞いてみたら、そうですよと頷《うなず》かれた。

『ここに子供を住まわせることにしたと旦那《だんな》様がおっしゃったときは、この離れの貴重な家具類だけじゃなく、床《ゆか》も柱も台無しになると危惧《きぐ》したものですが……。春希さんが穏やかな方で、本当によかったです』

そうしみじみと言われて、春希自身、家に傷をつけずにいたことをほっとしたものだ。

いつものように滝が母屋から運んできてくれた食事をひとりで摂《と》った後、春希はテラス風の広い縁側《えんがわ》に置いてある籐《とう》の椅子《いす》に座って、ぼんやりライトアップされた庭を眺《なが》めていた。

（……どうしようか）

その手には、携帯電話が握《にぎ》られている。

ずっと、平井のことが脳裏《のうり》から離れてくれない。

昨夜のメールの返事は、送ってすぐに返って来ていた。

今は行きつけのバーにいるとメールには書いてあって、セピア色の照明の中、カウンターに置かれたビールタンブラーとウイスキーのグラスを写した写真が添付《てんぷ》されてあった。

春希の報告には、よかったな、と簡潔な感想。

いつもと変わらない雰囲気《ふんいき》のメールなのに、なにか素っ気ないような気がするのは、きっと春希が不安だからだ。

(グラスがふたつ。昨夜は北斗さんと飲んでいたのかも……)

それで、春希に関する悪い噂を聞いてしまったかもしれない。

噂を聞いて、どう思っただろうかと考えると、不安で不安で仕方なくなる。

(今までは、誤解されても全然平気だったのに……)

事実とは異なるとはいえ、重俊のお世話になっているのは本当だから仕方ない。

奇妙《きみょう》な噂を立てられるのは、きっとこの母親譲《ゆず》りの顔のせい。

自分では、どうしようもないことだから、と……。

それに今まで誤解された相手は、春希にとって特に関係のない人達ばかりで、すれ違いざまにひそひそと囁《ささや》かれても、通りすがりにジロジロ眺められても、痛くも痒《かゆ》くもなかったのだ。

でも……。

(平井さんから、冷たい目で見られるのは辛《つら》いな)

あの感じのいい微笑《ほほえ》みを向けてもらえなくなるのも寂しい。

悩《なや》んだ末、春希は平井に『今、どちらにいらっしゃいますか？　もし店にいるのなら、伺《うかが》ってもいいでしょうか？』とメールを打った。

とりあえず、直接会って話をしてみたい。

それで、噂を聞いたかどうか直接確認《かくにん》してみる。

平井がまだ聞いていなかったら、そういう悪い噂があることを自分から白状して、噂は事実じゃないとちゃんと説明するつもりだ。

でも、もしも聞いてしまった後だったら、誤解なのだと頑張《がんば》って説明してみよう……。

(信じて……もらえないかもしれない)

北斗は、『東条のお稚児《ちご》さん』の噂を以前から知っているようだった。

あの噂は、春希が東条に引き取られた直後から十年以上にわたって囁かれている。

その間、誰《だれ》も否定しなかったせいか、かねてから噂を知っている人々にとって、あの噂は限りなく真実に近いものになってしまっているのだ。

春希が噂の主だと知った途端《とたん》、それまでの明るい態度が一変して冷ややかな視線を向けてきた北斗もまた、あの噂を真実だと感じていたんだろう。

大学時代からのつき合いだという親しい友達と、数回しか顔を合わせていない店の客。

平井は、どちらの話を信じるだろう。

(……もっと早くに、噂は真実じゃないと、はっきり言えばよかった)

ため息をついてばかりいないで、その噂は事実無根なのだと、誰にでもいいからとにかく言葉にして否定していればよかった。そうしていたら、あの噂は事実じゃないと平井に説明するとき、真実味を感じてもらえるための手助けになっていたかもしれないのに……。

マナーモードのまま、ギュッと握りしめていた携帯が手の中でブルルッと震《ふる》える。

春希は急いで平井からのメールを見た。

『店にいる。待ってるよ』

待ってる、という言葉が、なんだかとても嬉《うれ》しい。

春希は、はやる気持ちを抑《おさ》えつつ、慌《あわ》てて身支度《みじたく》をはじめた。


薄手《うすで》のサマーセーターにジーンズ、少し肌寒《はださむ》いような気がしたから、とりあえずジャケットを手に持ち、母屋《おもや》に向かった。

少し外出しますが心配いりませんから、と、重俊への伝言を使用人に伝えて屋敷を出る。

なんだか気が急《せ》いてのんびり歩いて行く気になれず、たいした距離《きょり》でもないのにタクシーを使って平井の店があるビルまで行く。

(ここに来るのって、まだ三度目だったっけ……)

古びたビルの薄暗く狭《せま》い階段を上がりながら、ふと不思議な感じがした。

平井と会うのも、それと同じ回数。

それなのに、もっと何度も会ったような感覚があるのは、日に数回のメールのやり取りがあったせいか……。

(メールって凄《すご》い)

直接会ったり声を聞いたりしなくとも、相手のリアルタイムの言葉が聞けて、繋《つな》がっているような感覚が得られる。

若い子達が夢中になって使う気持ちがちょっとわかるような気がした。

コンコンと軽くノックしてから、ドアを開けた。

「お邪魔《じゃま》します」と、おそるおそる中をのぞく。

「お、いらっしゃい」

奥の作業場にいた平井が、和柄《わがら》の手ぬぐいを外しながら立ち上がった。

「仕事中だったら、終わるまで待ってますけど」

「なに遠慮《えんりょ》してるんだ。気にせず中入れよ」

(……今まで通り、素敵《すてき》なカーブだ)

身体《からだ》にぴったりフィットした白いシャツに革《かわ》のパンツ、そしていつものようにジャラジャラとシルバーアクセサリーを身につけた平井が、気さくな笑《え》みをみせる。

どうやら北斗より先に会えたようだと、春希はほっとしながら室内へと足を踏《ふ》み入れた。

「あの……平井さん。日曜日以降、北斗さんとは会ってませんよね?」

悪い噂《うわさ》の話を打ち明ける前に、とりあえずだめ押しの確認のつもりで聞いたのだが、平井は

「あいつなら、昨日来たけど」とあっさり肯定《こうてい》した。

「え!?　もう来ちゃったんですか？」

「ああ。……春希、なにキョドってんだ？」

「あ、いえ……あの……」

どこまで聞いてしまったのか？　態度が変わらないところをみると、もしかしたらなにも聞いてない可能性もある。下手《へた》なことを言うと、やぶ蛇《へび》になってしまうかも……。

ぐるぐる悩む春希に、「どうした？」と平井が聞いてくる。

「俺に言えないようなことか？　残念だな。信頼《しんらい》してもらえたと思ったのに……」

そう言われ、このままじゃまずいと焦《あせ》った春希は、拳《こぶし》を握りしめ「実は!!」と叫《さけ》んだ。

「実は？」

「あ、いえ、あの……」

（ど、どう言えば……）

誤解されることなく、すんなり理解してもらえるだろうか？

自分のために申し開きしたことなどなかったから、この土壇場《どたんば》で、今さらだが春希は悩む。

そんな春希を見て、平井はちょっと愉快《ゆかい》そうな顔をした。

「わかってるって。あの噂の件だろう？」

（――ああ、最悪）

知られていたのかとガッカリしながら「そうです」と春希は頷いた。

「そう心配するなって。大丈夫《だいじょうぶ》、あいつには俺から誤解だって説明しておいたから……」

「誤解？」

「そうなんだろう？」

歩み寄ってきた平井が、確認するように優《やさ》しく微笑みかけてくる。

春希は拳を握《にぎ》りしめ、「はいっ!!」と勢いよく頷《うなず》いた。

「よかった。……平井さんにまで誤解されたら、どうしようかと……」

「裏事情を知ってるのに、君がお稚児さんだなんて誤解するわけがないだろ？」

「裏事情って、……血が繋がってるってことですか？」

「ああ。祖父が孫を引き取っただけ。実に当たり前の話だ」

「それはそうなんですけど……。でも、重俊さまはご存じないから……」

「そうかな？……まあ、どっちでもいいけど。でも昨夜その変な噂を聞かされて、なんか色々と腑《ふ》に落ちて笑っちゃったよ。――春希の天然の原因、お祖父《じい》さんだったんだな」

（お祖父さんって……）

平井は、重俊を指してそう言っているのだろう。

春希自身は、遠慮があって一度も声に出して言ってみたことはない言葉だったから、なんだかくすぐったくてむずむずする。

「お祖父さんは、君のことをとても気に入ってるんだな」

「そう思いますか？」

「もちろん。だからこそ事情を知らない人の目には、君達の関係はちょっと変な風に映るんだろう。それに、気に入ってなかったら、わざわざ君を連れ歩いたりはしないさ」

息子《むすこ》の不始末で孤児《こじ》になった子供を仕方なく引き取っただけなら、金さえ出していればいいだけの話だ。わざわざ屋敷《やしき》に引き取って全面的に面倒《めんどう》を見たり、一緒《いっしょ》に行動したがる理由はないだろうと、平井が言う。

「その変な噂のこと、お祖父さん知らないんだろう？」

「はい」

「だろうな。知ってたら、きっと激怒《げきど》して噂を消しにかかるに決まってる」

「……ですよね。重俊さまには、お稚児さん趣味《しゅみ》なんてまったくないし」

春希が頷くと、そうじゃなくて、と平井が苦笑《くしょう》する。

「春希がお稚児さん呼ばわりされてることに怒《おこ》るだろうって言ってるんだよ」

「俺？」

「そう。そんな風に思えないか？」

「……そう言われてみると、なんとなく」

ガミガミと頭ごなしに怒ってばかりの重俊だが、その裏にあるのは春希への温かな感情だ。

春希が他人から攻撃《こうげき》されていることを知ったら、くるっとまわれ右して、春希に攻撃してくる相手に対してもガミガミと怒ってくれるかもしれない。

「春希は、ずっと流されるままに生きてきたって言うが、それだってちょっと見方を変えてみれば、お祖父さんが用意してくれた安全なルートを辿《たど》って生きてきたってことだろう？」

「ああ。……確かに……そうかも」

表面上は、儂《わし》の顔に泥《どろ》を塗《ぬ》るような真似《まね》はするなと強要される形だったものの、重俊がそっちに進めと命じた道は、結果的に春希にとって幸運なものばかりだった。

「お祖父さんに引き取られて以降、壁《かべ》にぶち当たることや本当に困ることはなかっただろう？　お祖父さんの道案内に素直《すなお》に従っていれば、自分で考えることもない。だから春希は、その歳《とし》にしては鈍《どん》くさいのかもな」

鈍くさいという言葉が、またしても、のしっと頭に重い。

（なんか、凄い当たってる）

自分でも今まで気づかなかったが、確かに東条の家に来て以来、なんとな～く不安だったりなんとな～く困ったりすることはあっても、自分の先々のことを切実に悩《なや》みはしなかった。

変な噂を流されて仕方ないと聞き流せたのも、今までは実害がなかったからだし……。

「あ、けなしてるわけじゃないからな。俺は、春希のそういうところも気に入ってるし」

春希は「……どうも」と、なんとなく首をすくめた。

そんな態度を見た平井が、「本気だぞ」と顔を覗《のぞ》き込んでくる。

「俺はむしろ、春希のお祖父さんに感謝するね。彼が大切に守ってくれたから、春希は変に汚《よご》れずに済んだんだし……。――で、こっからが本題だ」

「本題？」

「手の平を出して」

唐突《とうとつ》さに戸惑《とまど》いながらも、春希は素直に右手を開いた。

「春希のために、お守りを作ってみた」

コロン、と手の平に置かれたのは、あのルビーがついた小さなプラチナの指輪。

ピンキーリングというにはあまりにも小さすぎて、小指にもはまりそうにない。

はめ込まれた雫《しずく》形のルビーは、小さすぎる指輪には不似合いなほどに大きい。

蛍光灯《けいこうとう》の光できらきらと光る、バランスの悪い小さな指輪はまるでおもちゃのようで、ピアスだったときの禍々《まがまが》しい印象とはほど遠い印象だ。

母親の妖《あや》しいイメージからも、はるかにかけ離《はな》れているし……。

「……かわいい」

春希は、指輪を指でつまんで光にかざした。

「お、気に入ったようだな。……ちょっと拝借」

「――あ」

春希の手から、平井がリングを取り上げる。

カウンターの引き出しから長めのチェーンを取り出し、それに指輪を通して、それを春希の首にそうっとかけた。

「ルビーの赤は炎《ほのお》の色、永遠不滅《ふめつ》の象徴《しょうちょう》だってんで、昔はお守りとして重宝されてきたんだ。だから、これはお守りだ。――ネックレスは身につけたことがなくても、お守りなら身につけたことあるだろう？」

「はい」

受験のとき、おまえに受験を失敗されたら傔も恥《は》ずかしい思いをするんだからなと重俊にガミガミ言われて、必ず身につけておけといくつかお守りを手渡《てわた》された。

「ありがとうございます」

春希は、指輪をもう一度つまみ上げて、眺《なが》めてみる。

「うん。でも、これはとりあえずの形だから」

「え？　このままで、もう充分《じゅうぶん》ですけど」

「駄目《だめ》だ。この形のままじゃ実用的じゃないし、身を飾《かざ》ることもできない。それに、このままじゃ、ジュエリーデザイナーとしての俺の沽券《こけん》にも関《かか》わる」

「そういうものですか……」

平井は、残念そうな春希の手からまた指輪を取り上げ、春希のサマーセーターの胸元《むなもと》を、くっと引っ張ると、そのまま指輪を服の中に落とし入れた。

胸の皮膚《ひふ》に直接触《ふ》れた指輪がひやっとして、春希は軽く首をすくめる。

「しばらくこうして身につけていれば、ルビーそのものへのイメージも少しは変わるだろう。そうしたら、またなにか実用的なものに作り直してやるよ」

（確かに変わりそうだ）

ぴたっと肌《はだ》に触れて冷たかった指輪が、こうしている間にも体温に馴染《なじ》んで存在感を薄《うす》れさせていくように……。

「――じゃあ、さっそく出発するか」

「どこへ？」

「せっかくの金曜の夜だ。デートしないって手はないだろ。行きたいところもあるしさ、ちょっとつき合えよ。――と、その前に、その口調。デートなんだから、ちゃんと恋人《こいびと》らしくしてくれないかな」

「あ……、そっか」

ここに来るまで緊張《きんちょう》しまくっていたから、すっかり忘れていた。

わかった、と春希が生真面目《きまじめ》に頷くと、平井はよしよしと満足そうに微笑《ほほえ》んだ。


「後で飲みにも行きたいから、車の助手席に乗せるのはまた今度な」

そう言う平井にタクシーに押し込まれ、連れてこられたのは、数年前に作られた複合商業施《し》設《せつ》だった。中に入ると、一部フロアの閉館時間を知らせるアナウンスが流れている。

（……大丈夫か？）

ちょっと不安になりながらも、平井に促《うなが》されるまま出口へと向かう人の流れに逆らって奥に進み、上層階行きのエレベーターに乗り込む。

降りるとすぐ、ミュージアムの入り口があった。

「これこれ、これを見せたかったんだ」

入り口脇《わき》にある、ポスターを平井が指さした。

『華麗《かれい》なるアンティークジュエリーの広がり』と題されたポスターをざっと見た春希は、ちょっとドキッとする。

「平井さん、……これ、もう入場時間が終わってる」

どうする？　とおそるおそる見上げると、大丈夫《だいじょうぶ》だ、と平井は自信満々だ。

（大丈夫だって言ったって……）

既《すで》に入り口の鍵《かぎ》は閉まっているようだし、中の照明だって落ちているように見える。全然大丈夫じゃないと困惑《こんわく》していると、「お待たせして申しわけありません」と声をかけられた。

「今すぐ、お開けいたしますから」

スーツ姿の壮年《そうねん》の男性がエレベーターから降りてきて、カードキーを手にミュージアムの入り口に向かい、パネルを操作して入り口の自動ドアを開いてくれた。

それと同時に、暗かったミュージアム内部に、次々と照明がついていく。

「我が儘《まま》を言って悪いね」

「いえ。どうぞ、ごゆっくりお楽しみください」

平井は、壮年の男性に感じのいい笑《え》みを向け、入場券も買わずに、当然のような顔で中に入っていく。

「ちょっ……。平井さん、これ、どういう事情？」

その後を追いかけて、シャツの袖《そで》を引っ張ると、平井は立ち止まって春希の顔を見た。

「ああ、ここのオーナーは俺の顧客《こきゃく》のひとりなんだ。で、今回の展示品はここのオーナーとそのお友達連中の個人秘蔵のお宝ってわけ。有名どころのアンティークは、以前にもいくつか見せてもらってたんだが、今回はそれ以外の、彼らにとってはあまり価値を感じないような品も展示しているんだと……。それも楽しみだって伝えたら、時間外にゆっくり見られるように手配しといてくれるって言うから、甘えさせてもらったんだよ」

「特別待遇《たいぐう》だ。凄《すご》い」

一般《いっぱん》に公開する直前、スポンサーや関係者達だけのための特別展示会になら重俊のつき合いで何度か行ったこともあるが、たったひとりのためにそれをするなんてちょっと珍《めずら》しい話だ。

「そうか？　俺の目が少しでも肥えれば、作品の出来がよくなるとでも思ってるのかもな」

顧客であるここのオーナーから、小学生の孫娘《まごむすめ》が二十歳《はたち》を迎《むか》えたときのためのお祝い用のジュエリーを、今から依頼《いらい》されているんだと平井が言う。

「そんなに先の依頼も入ってるのか」

「まあな」

オーナーの友達連中からも、何年後でもいいからと仕事の打診《だしん》が来ているのだとか。

この特別待遇は仕事をＯＫしてもらうためのご機嫌《きげん》取りか、それとも、ここのオーナーが平井の後援者《こうえんしゃ》かパトロンのつもりでいるか……。

（ほんとに凄い人なんだ）

あんなボロビルに店舗《てんぽ》を構えているから、つい気安く感じてしまうが、北斗が言っていた『天才ジュエリーデザイナー』という肩書《かたが》きは嘘偽《うそいつわ》りのない真実なのだろう。

(でも、本人は普通《ふつう》だ)

自分の仕事に対する自信のほどは窺《うかが》えるが、驕《おご》りのようなものは感じない。

特別待遇のことも、なんだかごく普通のことのように受け止めているみたいで、自慢《じまん》する様子がまったくない。いかにも職人肌の芸術家って感じだ。

「ほら、早く見よう」

ぽんっと春希の肩を叩《たた》くと、平井は楽しみでしょうがないって雰囲気《ふんいき》を滲《にじ》ませた軽い足取りで、展示ケースに歩み寄って行く。

「春希、ほらこれ。見事だろう?」

平井はケースの中のジュエリーを指さし、作られた年代や技巧《ぎこう》の説明を次々にしてくれた。

ダイヤ、エメラルド、ガーネット、オパール……。様々な美しい宝石を引き立てるようにデザインされたジュエリー達は、計算され尽《つ》くした照明に照らしだされ、眩《まばゆ》いくらいに輝《かがや》きを放っている。

それに加えて、春希の耳元では、それぞれのジュエリーの美しさを観賞するポイントを、平井が熱のこもった口調で説明してくれている。

普段はまったくアクセサリー類に興味のない春希でさえ、目と耳で再認識《にんしき》させられるその美しさに、ついついため息が零《こぼ》れてしまうほどだ。

「……ああ、これこれ。こういうのが見たかったんだ」

一定のペースで歩を進めていた平井が、ひとつのケースの前で長く立ち止まる。

ケースに入っているのは、宝石がまったくついていない黒っぽく輝くジュエリー達だ。

「これ、素材は？」

「鉄だ。鋼鉄をカット、研磨《けんま》してダイヤのような輝きを出したり、ラッカーを塗《ぬ》って光らせたりしてる。宝石がついてないこの手のアンティークは、手に入れても自慢しづらいのか仕舞《しま》い込まれてしまうことが多くてな。思うように見せてもらえないんだ。——ああ、この細工はいいな。……実にいい」

宝石がついていないぶん、デザインの装飾《そうしょく》性が高く細工は繊細《せんさい》なんだと説明してくれながら、平井はケースに真剣《しんけん》そのものの顔を近づけて、じっくりとジュエリーを眺めている。

（夢中だ）

まるで、網膜《もうまく》を通して脳に映像を焼き付けようとしているかのように……。

「こういうときこそ、写真を撮《と》れば？」

日に何度か送られてくる写メを思い出し、春希が提案すると、「いや、必要ない」とケースに視線を向けたままで平井が答える。

「そっくり同じ物を作りたいわけじゃないからな。参考として記憶《きおく》だけしておけば、いずれ自分の中で熟成されて、新しいデザインを作り出すための糧《かて》になる」

「そう」

（熟成か……）

そんな言葉にも芸術家らしさを感じて、春希はなにやら感心してしまう。

「普段から、写真なんか滅多《めった》に撮らないし」

やがて気が済んだのか、平井はケースから顔を上げた。

「だったら、あの写メは？」

「あれは、春希に綺麗《きれい》なものを見せたいから撮ってるだけだ。――お、次は真珠《しんじゅ》か……」

これなんか春希に似合いそうだと、隣《となり》のケースに歩み寄り手招きしてくる。

（俺のためだったのか）

平井が趣味《しゅみ》で撮り溜《た》めているものを、ついでに送ってくれているのだと思っていた。

嬉《うれ》しい、と思うと同時に、なんだか頰《ほお》がむずむずしてくる。

（なんだろ、急に……）

春希は首を傾《かし》げながら、両手で頰を軽く擦《こす》った。

すべての展示をゆっくりと見終わり、満足してミュージアムの出入り口に戻《もど》ると、先程《さきほど》の壮年の男性がそのまま待っていてくれていた。

「お帰りなさいませ。楽しんでいただけましたか？」

「ああ。堪能《たんのう》させてもらったよ」

「それはなによりです。――差し出がましいとは存じますが、この後はどちらへ？」

「ん？　飲みに行く予定だ」

な？　と確認されて、春希は嬉しくて深〜く頷《うなず》いた。

「それでしたら、お勧《すす》めしたい店があるのですが」

「案内してくれるのか？」

「はい。——会員制のバーでたいそう評判のいいところです。平井さまがお望みならば、是非《ぜひ》ご案内するようにと、オーナーから言われておりますので」

男に案内されて施設《しせつ》から出ると、そこにはハイヤーが待っていた。

「運転手に行き先は告げてあります。店に着きましたら、このカードを渡《わた》してください。予約を入れてありますので……」

「ありがとう。助かるよ」

カードを受け取った平井は、行こう、と春希の背中を軽く押して促《うなが》す。

ここまで至《いた》れり尽くせりだと、驚《おどろ》くよりもなんだか呆《あき》れてしまう。

紹介《しょうかい》されたバーは、高層ビルの最上階にあった。

さすがに会員制の店だけあって、ドアには小さなプレートに彫《ほ》られた店名のみで、それ以外には、ここが酒を飲める場所だとわかる表記は一切《いっさい》ない。

平井が前に立って店内に入り、店員にカードを渡すと、店の奥へと案内された。

趣味のいいジャズが流れる仄暗《ほのぐら》いフロアには、お洒落《しゃれ》なカウンターと座り心地《ごこち》のよさそうなソファ席がいくつかあり、大ぶりな観葉植物と草花のエッチング加工が施《ほどこ》されたガラスのパーティションが、それぞれの席の独自の空間を保持している。

一見しただけでわかる、上質な空間だった。

(……こういうところ、はじめて)

会社の行事以外では外で飲んだことがなかったから、物珍しさからついつい視線が店内をさまよってしまう。

案内されたのは、低めのテーブルにふたつのソファが窓に沿っておいてある席だった。

天井《てんじょう》から緩《ゆる》やかなドレープを描《えが》くように吊《つる》された透明感《とうめいかん》のある淡《あわ》いグリーンの布と観葉植物とで、他《ほか》の席からは見えないように工夫《くふう》されていて、個室風の空間が作られている。

(これって、カップル席)

自分達が座ってもいいのかと一瞬戸惑《いっしゅんとまど》ったが、すぐにこれがデートだったことを思い出す。

(そうだ。今は恋人同士《こいびと》なんだった)

春希の恋愛拒否症《れんあいきょひしょう》を治すためのリハビリとして、平井がわざわざ疑似《ぎじ》恋愛の相手をしてくれているのだ。ここで遠慮《えんりょ》してしまっては逆に失礼に当たると、勧められるままに椅子《いす》に座る。

天井から床《ゆか》までが一面ガラス張《ば》りで照明が程よく絞《しぼ》られているせいもあって、窓から見える夜景に意識を向けると、少しだけ宙に浮《う》いているような感覚が味わえた。

ウエイターにオーダーを聞かれて、軽いつまみと共に、春希はモルトウイスキーを、平井は黒ビールを注文する。

「平井さん、普段はビール派?」

「まあな。さすがに今日は泥酔《でいすい》したくないし」

平井が照れくさそうなのは、先週の日曜日、春希より飲まなかったにも拘《かか》わらず、最終的にかなり酔《よ》ってご機嫌《きげん》になっていたことを自分でも記憶しているせいだろう。

さほど待たずに、注文の品が運ばれてきた。

「よし。じゃあ、初デートに乾杯《かんぱい》」

少し浮かれた調子で平井が言ってグラスを掲《かか》げる。

(平井さん、ノリノリ)

自分が言い出したことだけに、本気で疑似恋愛の相手を演じてくれているつもりらしい。

平井にとってみれば、春希とのことは休業中のボランティア活動みたいなものだろうに……。

ありがたいなと思いながら、春希もグラスを手に取った。

乾杯して、ゆっくりグラスに口をつける。

「……甘くて、美味《おい》しい」

「ウイスキーが甘い？」

「うん。味じゃなく香《かお》りが……。やっぱりウイスキーはストレートがいいな」

ご機嫌な春希は、もう一度ウイスキーを口に含《ふく》んで、その香りと味わいをじっくりと楽しむ。

そんな春希を見て、平井が不思議そうな顔をした。

「そんなに好きなら、どうして家で飲むときはソーダで割ってるんだ？」

「……前に際限なく飲み過ぎたから……」

春希がアルコールをたしなむようになったのは、社会人として働きはじめてから。大学時代は、世話になっている身で酒なんてもってのほかだと、飲み会に誘《さそ》われても遠慮していたのが、自分で金を稼《かせ》ぐようになってから解禁してみたのだ。

で、飲んでみたら、これが素晴《すば》らしく美味《うま》かった。

特に、ウイスキーやスコッチ系は春希の口に合う。飲んでもさほど酔わないものだから、好《こう》奇《き》心にそそのかされるまま、あっちこっちの醸造《じょうぞう》所の酒を買い集めては飲み比べて……。

「とりあえず、飲み終わったボトルは、気に入った順に部屋に並べてみた。一日でボトル一本、前に飲んだことのある酒のボトルは排除《はいじょ》して、それを半年ぐらい続けたら、部屋が凄《すご》いことになって……。で、重俊さまにばれた」

見るに見かねたのか、部屋の掃除《そうじ》をしてくれている滝が、その現状を重俊にチクったのだ。滝の報告に驚いたのだろう。

重俊はいきなり部屋に乗り込んできて、林立する空き瓶《びん》を見るなりドカンと爆発《ばくはつ》した。

――おまえはアル中になるつもりか!!

あのときほど、重俊からきつく怒《おこ》られたことはないと断言できる。いまだかつてないほどの爆発ぶりだった。

そして、最後に命令された。

――飲むなとは言わん。だが、飲むならなにかで割れ！　酒量を減らせ!!

「ソーダで割ったら腹も膨《ふく》れる。沢山《たくさん》は飲めないだろうから一石二鳥だろうって……」

重俊に反抗《はんこう》するつもりは微塵《みじん》もなかったものの、結果的に好物を封印《ふういん》されてしまった春希は、ついつい不機嫌そうな口調になる。

それを聞いた平井は、手の平で口元を押さえて、クククッと笑う。

「そ、それで、素直《すなお》に言うこと聞いて、ソーダで割ってるのか？」

「そう。頼《たの》んでもないのに、あの日以来、部屋の冷蔵庫にはいつもソーダがぎっしり詰《つ》まってるし……」

ついでに言うと、酒の減り具合に滝が目を光らせているようなのでズルもできない。

「お祖父《じい》さんに感謝しないとな。……いくら酔わないとはいえ、そのペースで何年も飲んでたら、さすがにマジでアル中コースだ」

うっかりすると、春希と出会えなかったかもしれないと、平井が言う。

「この間は勝手に酒の封開けてたし、かなり好きなんだろうとは思ってたが、まさかそこまでとは……」

再び笑いの衝動《しょうどう》が襲《おそ》ってきたらしく、平井はまた手の平で口元を押さえた。

（あ……ちょっといい感じ）

平井が笑う度《たび》、その手首でシルバーのブレスレットが揺《ゆ》れる。

太めの飾《かざ》りリングを繋《つな》げたチェーンは、絶妙《ぜつみょう》な燻《いぶ》し加工が施されていて、揺れる度に渋《しぶ》い輝《かがや》きを放っている。

「……ん？　これ、気に入ったか？」

春希の視線に気づいた平井が、ブレスレットをつけた腕《うで》を掲げる。

頷くと、お揃《そろ》いで作ろうか？　と聞かれた。

「あ、俺じゃなくて……。繁樹さまが好きそうな感じだなと思って」

「なんだ、弟か」

平井は少しガッカリした口調で言った。

だが、春希は平井の言葉を聞いて、むずむずとくすぐったい気分になっていた。

（……弟）

重俊同様、繁樹のことも、弟だと認識《にんしき》していても自分では言葉に出しては言えないから、はっきり言ってもらえるのが嬉《うれ》しくて仕方ない。

「弟相手にお揃いはゴメン被《こうむ》るが、違《ちが》うデザインのやつなら作ってやってもいいぞ」

「ほんとに!?　それ、誕生日プレゼントにしてもいい？」

「光栄だな。弟の手首のサイズわかるか？」

「俺よりは太くて、平井さんよりは細い感じ？」

「適当だな」

平井に聞かれるまま、繁樹の服装の傾向《けいこう》なんかも教えた。

（……よかった）

グラスを揺らして、残り少なくなった琥珀色《こはくいろ》の液体の表面が光を弾《はじ》くさまを観察しながら、春希はしみじみ思う。

重俊と繁樹の誕生日に贈《おく》り物をするようになったのも、自分でお金を稼ぐようになってから。

重俊へのプレゼントは、滝が助言してくれるからなんとかなっているが、繁樹のほうは毎年悩《なや》みの種だったのだ。

お洒落《しゃれ》で社交的、しかも友達とバンドなんかもやっている繁樹とは、あまりにも趣味《しゅみ》の傾向が違いすぎて、なにを贈ったらいいのかさっぱりわからないから……。

（でも、今年は大丈夫《だいじょうぶ》だ）

なんと言っても、有名ジュエリーデザイナーの手による一点物のアクセサリーだ。

たとえその事実を告げなくても、品物を見ただけで気に入ってもらえるに違いない。

普段《ふだん》から平井が身につけている自作のアクセサリー類は、春希の目から見ても好ましいものばかりだから……。

プレゼントを開いたときの繁樹の反応を想像して、春希はひとりで浮き浮きした。

「春希、今、もの凄くご機嫌だろう？」

声をかけられて顔を上げると、平井がにやにやしている。

「なんでわかった？」

試《ため》しに両の手の平で頰《ほお》を触ってみたが、特に普段と変わったところはない。

「ここんところが、ちょっと尖《とが》ってるからな」

平井の手が伸《の》びてきて、春希の上唇《うわくちびる》の真ん中をちょいっとつつく。

「春希は、嬉しいことがあると唇に力が入る。だろ？」

「……確かに」

でも春希は、自分の唇は真ん中が尖っているんじゃなく、端《はし》のほうが歪《ゆが》んで下向きになっているんだと思っていた。

(平井さんは、視点が明るいんだな)

見えているもの、感じるものを、悪いほうには受け取らない。

明るい瞳《ひとみ》で、すべてを好意的に見ているようだ。

(……なんだか、安心する)

不機嫌だと思われないかとか、怒ってる風に見えないかとか、そんな心配を一切《いっさい》しなくてもいいなんて……。

なんだか頬がむずむずした春希は、手の平でまたしてもゴシゴシと擦《こす》った。


二杯目からは、平井も春希と同じウイスキーに変更《へんこう》し、三杯目を飲む頃《ころ》には、少々ご機嫌になってきたのが見ていてわかる。

泥酔したくないと平井が言っていたから、「もうちょっとペース落としたほうが……」と忠告してみたのだが、酔いがまわってきた平井は「これぐらい大丈夫」と安請《やすう》け合いする。

とりあえず四杯目は、春希の勧《すす》めで、ふたりとも薄《うす》めのウイスキーのソーダ割りを頼んだ。

「春希は、いつもこれを飲んでるのか」

「そう。これもジュースだと思えば、さっぱりしてて美味しいけど……」

「酒だと思うと物足りない？」

「まあね。だから、外で飲めるのは嬉しい」

誘ってくれてありがとうと、改めてお礼を言うと、平井が目を細めて嬉しそうに微笑《ほほえ》んだ。

「こちらこそ、応じてくれて嬉しいよ。――好みの綺麗《きれい》な顔を、こんなに間近で独り占《じ》めできて幸せだ」

平井は、身を乗り出すようにしてテーブルにほおづえをつき、春希の顔を眺《なが》めてその言葉通りに幸福そうな微笑みを浮《う》かべている。

「……どうも」

この顔を人から見られるのは慣れているつもりだった。

それなのに、今はなにか嫌《いや》だ。

「でも、あんまりこの顔は好きにならないほうがいいと思う」

平井の視線をまっすぐに受け止めることができなくなった春希は、窓の外に視線を逃《に》がしながら、「……不吉《ふきつ》な顔だから」と呟《つぶや》く。

「どうして？」

「この顔は、母と同じ顔だ。あの人は、周囲の人達すべてを不幸にした」

美しかった母の白い顔。

ルビーと同じ色に塗《ぬ》られた、妖《あや》しく微笑む薄い唇が、春希の脳裏《のうり》に浮かぶ。

「それ、お母さんだけのせいじゃないだろう」

「え？」

「詳《くわ》しい事情は知らないが、恋愛《れんあい》はひとりでするものじゃないからな。相手の男にだって責任はある」

「そう……なのかな？」

相手も悪いだなんて、そんな風に考えてみたことは一度もなかった。

春希は驚《おどろ》いて、平井に視線を戻《もど》した。

「ああ。ひとりだけ責任を負わせられたんじゃ、お母さんが可哀想《かわいそう》だ」

（……可哀想）

妻子ある男性を、その美貌《びぼう》でたぶらかして人生を狂《くる》わせた女。

かつての夫に、二度と顔も見たくないと言われた女。

そんな女だったからこそ、死してなお人々から悪《あ》し様《ざま》に言われるのも仕方ないと、子供である春希でさえ庇《かば》うことを諦《あきら》めていたのに……。

母に優《やさ》しい言葉をかけてくれた人ははじめてだ。

「それに、君の顔は、お母さんのものとは違う」

「いや、同じなんだ」

母の顔を知れば平井も納得《なっとく》するはずだと春希は言ったが、平井はそれでも違うと言う。

「その顔は、君の顔だ。不器用な内面が、表情に素直に出てる」

「表情なんて……。うまく笑えもしないのに」

「うまく笑えないんじゃなくて、春希は笑うのを我慢《がまん》してるんだろ？」

「え？」

「俺にはそう見える。……笑わないように、無理矢理《むりやり》抑え込んでるみたいに」

無意識だろうけどな、と呟いて、平井はグラスを傾《かたむ》けた。

グラスの中、氷がカランと透《す》き通った音を立てて揺《ゆ》れる。

氷の輝《かがや》きに目を止めた平井は、「宝石と一緒《いっしょ》だな」と言った。

「同じ原石から作られた宝石でも、カット次第《しだい》でまるっきり雰囲気《ふんいき》が変わる。――俺が一目惚《ひとめぼ》れしたのは、春希の今の顔だ」

「……俺の顔？」

「そう。最初に会ったときのこと、覚えてるか？　あのとき、最初のうちは平然と俺の視線を受け止めていたくせに、急にふっと不安そうな顔になって、いきなり目を伏《ふ》せただろう？　俺は、あの一連の表情にやられた」

「やられた？　どんな風に？」

自分の顔を、平井がどんな風に気に入ってくれたのかが気になって、春希は身を乗り出した。

「知りたいか？」

平井もまたテーブルに肘《ひじ》をついて、身を乗り出してくる。

「是非《ぜひ》」

深く頷《うなず》くと、「あのな…」と内緒話《ないしょばなし》をするように顔を寄せてくるから、つられて顔を寄せた。

その次の瞬間《しゅんかん》、ふっと唇に柔《やわ》らかな感触《かんしょく》が触《ふ》れる。

「…………え？」

（いま、キスされた？）

それとも、偶然《ぐうぜん》触れただけか？

どっちだろうと、春希はびっくりしてフリーズしたまま戸惑《とまど》う。

そんな春希の表情を眺めていた平井は、身体《からだ》を引いて、ソファにもたれかかってしまった。

「教えてくれるんじゃないのか？」

「また今度な。……まだ、ちょっと早いみたいだし……」

平井は、苦笑《くしょう》しながら窓の外に視線をそらした。

（変な態度だ）

それにさっきのはなんだったのか……。

（キス……してくれたのか？）

疑似《ぎじ》恋愛体験中のサービスだろうか？

確認《かくにん》したいが、今のはサービスかと聞くのは、いくらなんでもあまりに無粋《ぶすい》だ。

聞きそびれてしまった春希は、平井と同じようにソファに身体を預けた。

身体の動きに合わせて服の中でリングが揺れ、まるで存在を主張するように裸《はだか》の胸をトトンと軽く叩《たた》く。

そのリズムにつられたように、心臓の鼓動《こどう》が少し速まっているような気がした。

5

どうやら一時的に繁忙期《はんぼう》に入ったらしい。

ここ半月、秘書室は急に忙《いそが》しくなっていた。

だがそれも、管理関係のみで現場の仕事には関《かか》わりのない春希には、あまり関係がないのだが、目の前でバタバタと殺気だったような表情で忙しくしている部下達の姿を見ていると、次第にむずむずしてきてじっとしていられなくなった。

室長の仕事じゃありませんから、と何度か拒否《きょひ》されつつも、自分にもできそうなデータ集計関連の仕事に細々と手を出してみる。そうこうしているうちに、最初は戸惑っていた部下達も、徐々《じょじょ》に仕事をわけてくれるようになっていた。

(猫《ねこ》の手よりは役に立つと思ってもらえたかな)

少し嬉《うれ》しい。

珍《めず》しく積極的に自分から行動してみた甲斐《かい》があったってものだ。

それでも、困ったこともある。

部下達と一緒に仕事していると、休日なしの上に彼らにつき合って終電間際《まぎわ》の時間まで会社に残ることになるから、さすがに平井に会いに行くことができないのだ。

——会いたい。

忙しいんだから仕方ないと割り切っているつもりなのに、ふとした拍子《ひょうし》にそんな気持ちが湧《わ》き上がってくる。

それと同時に、胸のあたりもむずむずしてくるから困る。

胸にいつもつけている指輪のせいかなと、ちょうど指輪が当たる部分を見てみたが、肌《はだ》にはなんの異常もない。

むずむずしているのは、どうやら身体の中らしい。

平井からは、相変わらず日に何回か写メが届いた。

ちょっとした空き時間に、携帯《けいたい》を開いて送られてくる写真を見るとほっとする。

平井が見る世界は、いつも綺麗だ。

そして、どこか優しい。

次に会ったときも、きっとこの明るい目線で自分を見てくれると思うと、忙しさに苛立《いらだ》ちかけた心が、穏《おだ》やかに凪《な》いでいく。

家に帰ってからは、日中は服の中に隠《かく》している指輪を服の外に出す。

指輪本体に比べて飾《かざ》りのルビーが大きすぎて、バランスが悪いと何度見ても思う。

そのバランスの悪さが、逆に可愛《かわい》いのだけど……。

(ほんとにおもちゃみたいだ)

指でつまみ上げ、明かりに透かして眺めてみる。

透明《とうめい》な赤い飴《あめ》がついた、おもちゃの指輪。

（ストロベリーかラズベリー……）

舐《な》めたら、やたらと甘そうだ。

禍々《まがまが》しいとさえ感じていたルビーの赤、それ自体を、いつの間にか自然に可愛いと思えるようになっていた。

同時に、記憶《きおく》の中の母親のイメージも、少し変化した。

以前は、妖《あや》しい笑《え》みを刻むルビーと同じ色の薄《うす》い唇《くちびる》だけが思い出されていたのに、今はその上の切れ長の瞳《ひとみ》も同時に浮《う》かんでくる。

春希を見下ろす彼女の瞳は、いつもどこか悲しげに揺らいでいた。

（……笑って…なかったのか……）

微笑《ほほえ》む唇に妖しさを感じたのは、それが不自然なものだったから……。

何度も聞かされた、「わたし、幸福なの」という母親の呟《つぶや》きは、彼女が自分自身に言いきかせるためのものだったのかもしれない。

自分は幸福なんだと信じようとして、その唇を無理に歪《ゆが》めて微笑んでいたのかもしれない。

（ちゃんと、泣いてあげればよかった）

葬式《そうしき》のとき、春希は母の死を素直《すなお》に悲しむことができなかった。

母を罵《ののし》る声が、どこからかひそひそと聞こえていたせいだ。

昔の恋人《こいびと》に執着《しゅうちゃく》して、自らの家庭を壊《こわ》した女。

それだけじゃ飽《あ》きたらず、その相手の家庭と人生までをも壊したと……。

小学生の頃《ころ》から、母親のしていることが『悪いこと』だと思っていた春希は、そんな囁《ささや》きに反論することができず、ただうなだれていた。

罵られても仕方ない人だからと、最初から諦《あきら》めてしまっていた。

そしていつの間にか、囁かれる罵りが真実なのだと思うようになっていた。

母親の微笑みが、記憶の中で妖しいものへと変質してしまったのも、きっとそのせい。

『悪いこと』を平気でするような人が、悲しげに微笑むわけがないと……。

（……母さん、ごめん）

かつて、春希達は仲のいい母子《おやこ》だった。

ふたりきりの家族になってからは、特に……。

そんなことすら素直に思い出せなくなっていたのは、たぶん、引き取られた東条家で重俊の悲しみや繁樹の憎《にく》しみを間近で見てしまったせい。

そのすべての不幸の原因が母親にあるのだと引け目を感じて、無意識のうちに母との楽しかった記憶にまで蓋《ふた》をしてしまっていた。

――お母さんが可哀想《かわいそう》だ。

そう平井が指摘《してき》してくれなかったら、きっと気づけないままだった。

気づけずに、歪めてしまった記憶を、真実だと思っていただろう。

離婚《りこん》が成立して父親が去ったあの日、背後から春希の肩《かた》をつかみ、悲しまなくていいのと囁いていた母親。
いま思えば、あのとき彼女の手も声も震《ふる》えていた。
自分が犯《おか》している過《あやま》ちの重さを、彼女が自覚していないはずがない。
きっと彼女自身、苦しんでいたんだろう。
弱くて、可哀想な人だったのだ。
(平井さんは、やっぱり凄《すご》い)
平井の視点は、春希のそれとはまったく違《ちが》っている。
側《そば》にいると、今までとはまったく違う光景が見えてくる。
明るくて、優《やさ》しい光景が……。
(……もっと、あの人に近づきたい)
指輪を飽きもせず眺《なが》めながら、そんなことを思った。

その日、目覚めると、もうお昼すぎだった。
前日までは今週の週末も休日出勤になるものと覚悟《かくご》していたのだが、さすがにそろそろ休みたいというみんなの願いが重なり、土曜日に死にものぐるいで働いて、なんとか日曜日の休みだけは確保できたのだ。

（……せっかくの休み、もう半分終わってる）

少しガッカリしたが、ものは考えようだと気を取り直す。

平井だったらこんなとき、半分終わったんじゃなく、まだ半分残っていると考えるんじゃないかと思って……。

枕元《まくらもと》に置いておいた携帯を見ると、メールの着信が一件。

（平井さんから）

おはよう、今日も仕事？　と書かれたメールに添付《てんぷ》されていたのは、平井の店が入った古いビルの写真。

（……あれ？）

写真で見るビルは、なんだかいつもとは微妙《びみょう》に雰囲気《ふんいき》が違う。

平井の視点で見た光景だからだろうか？

とにもかくにも、ビルの写真を送ってくるってことは、平井が店に来ているということ。

春希は嬉々《きき》として、これから店に訪ねてもいいかと、平井にメールを打った。

そして着替《きが》えて部屋から出て、すべての戸が開け放たれた縁側《えんがわ》に立った。

「いい天気」

深呼吸しながら、明るい庭の光景に目を細める。

居間に行くと、テーブルの上に昼食の用意がしてあった。

縁側に面した障子をすべて開けてから、自分で紅茶を淹《い》れて、眩《まぶ》しい日差しに光る庭を眺めながら食事を摂《と》る。

「あら、やっとお目覚めですか」

母屋《おもや》のほうからやって来た滝が、縁側の向こうから春希の姿を認めて軽く微笑む。

「滝さん、おはようございます。——それ、綺麗《きれい》ですね」

春希は、滝が持つ淡《あわ》いサーモンピンクの薔薇《ばら》の花束に目を留めた。

ふっくらとした丸みのある花に、幾重《いくえ》にも重なった花びらがとても可愛らしい。

「気に入りました？　イングリッシュローズって言うんですすって。母屋の中庭に咲《さ》いていたのを少しわけてもらってきたんですよ。こちらの居間に飾ろうと思って……」

「ここに？」

「ええ。他《ほか》の部屋のほうがいいですか？」

「いえ、そうじゃなくて……」

少し考えた後、春希は言った。

「それ、俺にもらえませんか？」

春希の唐突《とうとつ》な申し出に、滝は戸惑《とまど》いながらも頷《うなず》いてくれた。


メールの返事を待っているのももどかしく、今からそっちに行きますと、またメールを出し、薔薇を持って屋敷《やしき》を出た。

綺麗だと感じた瞬間《しゅんかん》、平井にも見せたいという衝動《しょうどう》を覚えたのだ。

タクシーを拾って平井の店のあるビルまで行く。

(……あれ？)

歩道に降り立った春希は、ビルを見上げて、写メを見たときと同じような違和感《いわかん》を感じた。

なにが違うんだろうと、間違い探しのように注意深くゆっくりとビルを見て、ふと気づく。

「ない」

平井の店の看板が、ビルの壁面《へきめん》から取り外されていた。

どういうことだと、いまだかつてないスピードで狭《せま》い階段を駆《か》け上がり、ドアの前に立つ。

「ここにもない」

ドアに取りつけられていた店名のプレートが取り外されている。

おそるおそるドアノブを捻《ひね》る。

鍵《かぎ》はかかっておらず、すんなりと開いた。

「……なんにもない」

来客用のソファにカウンター、そして平井の仕事場までもがすべてなくなっている。

フロアは塵《ちり》ひとつなく、まっさらな状態のまま。

(引っ越《こ》したのか)

写メが朝に届いていたことを思うと、たぶん今日の午前中に。

すんなりと、そんな認識《にんしき》が胸に響《ひび》く。

（でも……。どうして、それを教えてくれなかったんだろう？）

店の引っ越しなんて、それなりの決心が必要な大イベントのはずだ。

相談とか、報告とかがあってもよさそうなものだと、呆然《ぼうぜん》としながら春希は思った。

最近会ってはいなかったが、メールは毎日欠かさなかった。

ほんの一言書き添《そ》えてくれれば、それで充分《じゅうぶん》だろうに……。

（ああ、そうか。俺に教える必要性を感じなかっただけか……）

ただの客に、店の裏事情を話す必要はない。

携帯《けいたい》番号はお互《たが》いにわかっているから、引っ越した後で報告すれば、それで充分。

（俺、平井さんとの距離感《きょりかん》を読み間違えてた）

セラピーの一環《いっかん》として、疑似恋愛《ぎじれんあい》の相手になろうと言ってくれた。

一緒《いっしょ》にいると、とても楽しそうだった。

だから、ただの客というよりは、友達に近い存在になっていると勘違《かんちが》いしてしまった。

人づき合いをあまりしてこなかったから、親しみやすい平井の態度に、ついつい調子に乗ってしまって……。

ショックは大きいが、それでも、きっとこれでよかったんだとも思える。

誤解したまま、今以上に増長してしまう前に、平井と自分との本当の距離感を知ることができたのだから……。

「……ああ、でも、凄く残念」

距離感を勘違いしていたことは、世間知らずだった自分が間抜《まぬ》けだったから仕方ないと諦《あきら》めることができる。

でも、この薔薇を平井に見せることができなかったことは残念だ。

(帰って、部屋に飾《かざ》ろう)

そして、それを写メに撮《と》ってから、平井に送ればいい。

いきなり押しかけるなんて図々《ずうずう》しい真似《まね》をするより、それこそが正しいやり方だったのだ。

(なにをトチ狂《くる》ってたんだか……)

なんだか急に身体《からだ》から力が抜けた。

春希は、だるい身体を動かしてゆっくりと階段を下りてビルの外に出る。

ここに来るときは、眩しい日差しが嬉《うれ》しいくらいだったのに、なんだか急に厭《いと》わしく感じてきて、わざとビルの日陰《ひかげ》を選びながら屋敷に戻《もど》る道をトボトボと歩く。

「――っと、ストップ」

いきなり、背後から腕《うで》をつかまれて止められた。

「ごめん。不動産屋と話してて携帯見られなくて……」

振《ふ》り向くと、平井が立っていた。

「おっ、愛らしい薔薇だ。――どうした、これ?」

春希が大事に抱《かか》えていた淡いサーモンピンクの薔薇を見て、平井が目を細める。

春希は胸がふわっと温かくなるのを感じた。

「屋敷の庭に咲いた。綺麗だったから平井さんにも見て欲しくて……」

そして、綺麗だと微笑《ほほえ》む平井のその顔が見たかった。

(……よかった)

すっかり満足した春希は、薔薇の花束を両手で平井に差し出した。

「これ、平井さんにあげる」

喜んでくれると思ったのに、平井はなぜか一瞬《いっしゅん》真顔になって、動きを止めた。

「平井さん?」

春希が呼びかけると、やっと動いてくれたが、平井の手は花束を素通《すどお》りして、春希の身体に巻き付いてくる。

いきなりぎゅうっと抱《だ》きしめられ、春希は慌《あわ》てた。

「花が潰《つぶ》れる!」

この薔薇を平井に渡《わた》すことにばかり気持ちが向いていて、抱きしめられたことより、そっちのほうが気になって仕方ない。

「と、ごめん。——つい、綺麗だったから……」

「だからって、肝心《かんじん》の花を潰したら元も子もない」

どうぞ、と、もう一度花束を手渡すと、今度はすんなり受け取ってくれた。

「どうも。——しっかし、面白《おもしろ》いぐらいに鈍《どん》くさいな」

「なにが?」

意味がわからず問い返したが、平井は嬉しそうな顔をしたままなにも答えない。

「道ばたで立ち話もなんだし、その先の駐車場《ちゆうしゃ》に停《と》めてある俺の車でドライブでもどう?」

「是非《ぜひ》!!」

向こうから誘《さそ》ってもらえるぶんには、距離感がどうのと遠慮《えんりよ》することはない。

春希は、このチャンスを逃《のが》すものかと、拳《こぶし》を握《にぎ》って力強く頷いた。


「どこか行きたいところは?」

駐車場にたどり着き、乗り込んだ車の後部座席に薔薇を置いた平井は、助手席に収まった春希に聞いてきた。

「平井さんの新しい店に行ってみたい」

地図をもらうより、直接連れて行ってもらえたほうが後々迷わずに済む。

そう言うと、平井は「なにか勘違いしてるみたいだな」と呟《つぶや》いた。

「引っ越したんじゃなくて、ただ店を辞《や》めただけだ」

「廃業《はいぎょう》したのか!?」

どうして?　と混乱する春希に、「廃業はしてない」と平井は苦笑《くしょう》した。

「前にも言ったと思うが、あの店では仕事らしい仕事はしてなかった。休業中の気分転換《てんかん》みたいなものだったからな。でも、それももう必要なくなったから畳《たた》んだ」

「……他《ほか》の気分転換が見つかった？」

「いや、違う。休業宣言を撤回《てっかい》するってことだ。――一種のブームみたいになって、実より名だけで仕事を依頼《いらい》してくる客が増えたのが気に入らなくて休業してたんだが……。どうも、それが逆効果になってるみたいでさ」

「どういうこと？」

「寡作《かさく》な作家だって評判が広がったせいで、以前作ったジュエリーの価値がうなぎ登りになってるらしい」

次にいつ仕事を再開するかわからないし、再開したとしても、この先どれぐらいの数のジュエリーを作るかもわからない。今のうちに既存《きそん》の作品を手に入れておけば、いずれはさらに価値も上がるかも……と、投資の対象として扱《あつか》われている作品もあるのだとか……。

「元々、知り合い相手にやってた商売だからな。作品を売ってくれってバイヤーにまとわりつかれて困ってる知人がいるって話を、北斗が聞き込んできたんだ」

それで、平井は仕方なく休業宣言を撤回することにしたのだった。

「ただし、以前より我が儘《まま》な仕事をするつもりだ」

「どんな風に？」

「金を積まれても仕事はしない。相手にするのは、俺が扱いたいと思えるような宝石を持ってくる客か、もしくは俺が個人的に気に入った客だけ……。ま、基本は今までと同じなんだが、これをおおっぴらにやる」

偏屈《へんくつ》で仕事を依頼するのが難しいデザイナーだというイメージがいずれ定着すれば、名だけに惹《ひ》かれて気楽に仕事を依頼してくる客も減るだろうという計画だった。

「うまく行くかな？」

「いかせる。あちこちに顔の広い知り合いに頼《たの》んで、偏屈だって評判を広めてもらうさ。――というわけで、新しい店はないんだ」

で、どこに行く？　とまた聞かれた。

「じゃ、平井さんの本当の仕事場」

「お？　仕事場って、俺の自宅だけど、いいのか？」

「迷惑《めいわく》じゃなければ」

「迷惑なわけないだろう」

平井は嬉しそうな顔で、車のエンジンをかけた。


そこから車で三十分強で、目的地に着いた。

平井の家は、閑静《かんせい》な住宅街にある洋館風の一軒家《いっけんや》。

洋館とはいえ、東条の母屋《おもや》のような重厚《じゅうこう》な作りではなく、イギリス民家風の素朴《そぼく》な感じだ。

家の前に立った春希が、物珍《ものめずら》しく眺《なが》めていると、

「こっちだ」

脇《わき》にあるガレージに車を停めて戻ってきた平井が、木製の門扉《もんぴ》を開けて春希を招き入れる。

門の中に入ると、素朴な不揃《ふぞろ》いさが微笑ましい石畳《いしだたみ》が、玄関《げんかん》まで繋《つな》がっていた。

「素敵《すてき》な雰囲気《ふんいき》の家だ」

「だろ？　築年数は古いが、最近あちこちに手を加えたから住み心地《ごこち》はばっちりだ」

「ご家族は？」

「ひとり暮らしだから、気兼《きが》ねしなくて大丈夫《だいじょうぶ》」

さあさあ、と腕を引かれて、家の中に入って行く。

二階への階段がある玄関ホールから、そのまますぐ広いＬＤＫが広がる。

そこを通り抜けて奥の両開きの扉《とびら》を大きく開けると、さらにもう一部屋。

「ここが俺の作業場。以前はサロンだったのを改造したんだ」

広い部屋の真ん中に、どんと大きく長い作業机が置かれてあった。

机の上は適度に雑然としていて、作業中らしい材料や工具が散らばっている。

狭《せま》い店舗《てんぽ》の奥にあった小さな作業場より、ずっと平井らしい感じがした。

平井は明かりの落ちた薄暗《うすぐら》い部屋を突《つ》っ切って行って、奥の掃《は》き出し窓《まど》のカーテンを開けると、窓を全開にする。

その途端《とたん》、心地いい風と明るい日差しが、部屋を満たした。

「……明るい庭」

東条の屋敷《やしき》のように広い敷地《しきち》を活《い》かし様式美にのっとって作られた庭とは違《ちが》い、こぢんまりとした広さの庭に、大きな樹と背の低い草花達が競《きそ》い合うようにして茂《しげ》っている。

緑一面の光景に惹かれるまま、春希は掃き出し窓に歩み寄って行った。

「庭に出るなら、そこのサンダル使っていいから」

薔薇《ばら》を活けてくると言って、平井は部屋から出て行く。

(少しだけ……)

明るい日差しに誘われるように、掃き出し窓から庭に出た。

レンガ敷《じ》きのスペースの先、レンガを積み上げて作りあげられた花壇《かだん》スペースがある。

一見すると添《そ》え木や肥料などがあってよく手入れされているように見えるが、足元のレンガの隙間《すきま》からは、ひょいっと雑草が勢いよく顔を出していたりする。

適度に抜《ぬ》けた感じが親しみやすく、居心地《いごこち》がよかった。

(平井さんが自分で手入れしてるんだな)

春希は家の壁面《へきめん》に沿って続くレンガ敷きの道を、さらに奥へと歩いて行った。

そして、角を曲がったところで新しく広がった光景に、思わず絶句する。

「…………薔薇だ」

隣家《りんか》との境界になっている木製の白い柵《さく》に、蔓薔薇《つるばら》が絡《から》みつき、見事な花を咲《さ》かせている。

クリームイエローや白、そしてサーモンピンクの花々……。

春希が持ってきた薔薇と似たような姿形の薔薇もある。

(失敗した)

家に売るほどある花を、わざわざ持ってくるなんて……。

微妙《びみょう》に気まずい気分になった春希は、その光景を見なかったことにして、そのまま、まわれ右して部屋に戻《もど》った。

「狭いが、いい庭だろう？」

ちょうど戻ってきた平井が、声をかけてくる。

その手には、春希があげた薔薇を活けた厚手のガラス細工の水差しを持っていて、入り口脇の窓のカーテンを開け、出窓部分にそれを置く。

「ここも開けると、風が通っていい感じなんだ」

夏場でもよっぽど暑い日以外にはクーラーがいらないぐらい、と勢いよく窓を引き上げる。

（………うわ）

その窓の向こうには、さっき見たばかりの蔓薔薇。

水差しに飾《かざ》られた薔薇と、窓の外の薔薇が重なって見えて、春希はあまりの気まずさに目をそらした。

「……ん？」

春希の不穏《ふおん》な態度に気づいた平井が、怪訝《けげん》そうな顔をする。

「ああ。もしかして、あれ？」

やがて、庭の薔薇の存在に気づいて指を差す。

「……もうちょっと違う花を持って来ればよかった」

春希が渋々頷《しぶしぶうなず》くと、平井は目を細めて微笑《ほほえ》んだ。

「そんな風に思うことはないさ。春希が俺に見せたいと思ってくれた薔薇なんだ。その気持ちだけで、俺にとっては他のどの花より価値がある」

「気を遣《つか》わなくていい」

「そんなことしてないって……。俺が、自分が作ったジュエリー達に望む価値も、それと似たようなもんだからな。——大事なのは、ブランドや値段じゃなく、気持ちだ」

誰《だれ》かに贈《おく》りたいと望み、贈られて嬉《うれ》しいと感じる。

そして、身につけて嬉しく、綺麗《きれい》だと感じる気持ち。

人の感情が伴《ともな》ってこそ、ジュエリーはその価値を増すんだと平井が言う。

「だからこの薔薇は、俺にとって特別だ。春希が俺のために持ってきてくれたんだから」

平井は水差しに差した薔薇の一輪を、指先で愛《いと》おしそうに撫《な》でた。

その優《やさ》しい仕草に、見ていた春希の胸がふわんと温かくなる。

「……平井さんは、やっぱり凄《すご》い」

「なんだ、いきなり」

「いきなりじゃない。ずっとそう思ってた。——平井さんといると、世界がなんだか普段《ふだん》よりずっと明るく感じられる。見えなかったものが見えてくる……。それに、心が柔《やわ》らかくなるみたいで……」

ふわんと温かな気持ちに押されるように、平井の指先を見つめたままで春希が呟《つぶや》く。

その指先が近づいてきて、春希の手首をつかんだ。

「──気づいてるか？」

平井はつかんだ春希の手首をそのまま持ち上げ、その手の平で春希自身の頰《ほお》に触《ふ》れさせた。

（……あれ？）

触れた頰のふくらみ具合が、いつもと違っていた。

「え？……俺、もしかして笑ってる？」

気づいた途端、驚《おどろ》いたせいか、頰のラインはしゅっと元に戻る。

「やっぱり気づいてなかったのか」

両手でピタピタと何度も頰に触《さわ》りなおす春希を見て、平井が愉快《ゆかい》そうな顔をする。

「薔薇をくれたときも笑ってたぞ。──その顔、リフォームしなくてよかったな」

「ほんとに……。平井さんのお陰《かげ》だ。ありがとう」

平井を見上げて、春希は心から礼を言った。

それと同時に、手の平の下で頰がふっくらするのを感じる。

（ああ……。ほんとに笑えてる）

以前は、どんなに頑張《がんば》ってもできなかったのに、今は意識しなくても心のままに顔が動く。

「礼を言われるようなことしたっけ？」

「した！」

春希は深く頷いた。

「色々指摘《してき》して、気づかせてくれた。やっぱり平井さんは凄い！」

興奮気味に拳《こぶし》を握《にぎ》りしめる春希を見て、平井は苦笑《くしょう》する。

「特に凄いことはしてないと思うがな。俺はいたって普通《ふつう》の人間だし……。まあ、鈍《どん》くさい春希よりは、少しばかり視界が広いかもしれないが」

いつもなら鈍くさいの一言にのしっと重さを感じるところだが、興奮している今の春希は重さをまったく感じなかった。

「そんなことない。平井さんがいなかったら、絶対笑えてなかった。ほんとに凄い嬉しい。俺が嬉しいって思ってるの、見てわかるだろ？」

「ああ、わかるよ」

「ずっと普通に笑えたらいいのにって思ってたんだ。重俊さまにも、これでちゃんとお礼が言える……。ほんとに、ほんとにありがとう」

平井は軽く屈《かが》むと、夢中になってお礼を言う春希の唇《くちびる》に、その唇で軽く触れた。

「……よかったな」

「……あ……」

突然《とつぜん》のことに、興奮していた春希は、ふっと冷静に戻る。

平井は、そのまま真顔で春希の瞳《ひとみ》を覗《のぞ》き込んだ。

「笑えるってことは、精神的な問題をひとつクリアしたってことだよな？――まだセラピーは必要か？」

「…………え？」

「疑似恋愛《ぎじれんあい》ごっこから、そろそろ卒業する気はないか？」

平井の口調から、疑似恋愛ごっこを終わらせたがっているのがひしひしと伝わってくる。

（……どうしよう）

なんて答えていいかわからず、春希は戸惑《とまど》った。

元々、平井の好意からはじまったことだ。

平井が止《や》めたいというのを引き止める権利は、春希にはない。

距離感《きょりかん》を計り間違《まちが》って、図々《ずうずう》しくふるまってはいけないのだが……。

（でも、離《はな》れたくない）

ただの客としてじゃなく、平井の側《そば》にいられる存在になりたい。

そのためには、どうしたらいいのか……？

「……卒業……する」

春希は、言いたくもない言葉を無理矢理絞《むりやりしぼ》り出した。

が、その直後、「でも!!」と口調を変えた。

「今までみたいに親しくしてください！　お願いします!!」

拳を握りしめ、真剣《しんけん》な表情でそうお願いする。

その途端《とたん》、平井がぷっと吹《ふ》き出した。

「は、春希、おまえ……」

面白《おもしろ》すぎるっ、と呟きながら、ぶふふっと楽しそうに笑う。

「……あの、返事は？」

（俺、そんなに変なこと言ったかな？）

笑う平井は、戸惑う春希を抱《だ》きしめると、またキスしてきた。

「……ん？」

笑《え》みの形を刻んだままの唇が押しつけられ、戸惑った春希は何度も瞬《まばた》きした。

今度のキスは、さっきの触れるだけのキスとは違っていた。

深く合わさった唇から、熱い息とともに舌まで入ってくる。

「……っ……」

絡《から》んでくる柔らかな舌先の感触《かんしょく》にびっくりした春希は、ビクッとして自分の舌を引っ込めた。

同時に、平井の唇と腕《うで》も、ぱっと春希から離れた。

「……悪い。……俺、勘違《かんちが》いしたか？」

平井が、戸惑い気味に聞いてくる。

「……なにが？」

混乱冷めやらぬ春希は首を傾《かし》げた。

「今までみたいにってことは、疑似恋愛から、普通の恋愛にそのままシフトするってことじゃないのか？」

（……普通の恋愛）

平井に近づきたい、側にいたいと思うばかりで、具体的なことは考えてなかった。

友達にしてもらえるだけで、もう充分《じゆうぶん》に嬉しいのだが……。

(でも、恋人《こいびと》のほうが近い……)

「……やっぱり、勘違いか」

悩《なや》むあまり口を閉《と》ざしてしまった春希を見て、平井が肩《かた》を落とす。

(まずい)

このままじゃ、また今度な、と、すべてを水に流されてしまいそうだ。

春希は焦《あせ》った。

「待って!!」

焦るあまり、拳を握りしめて叫《さけ》ぶ。

「ごめん! わからない! でも、平井さんの側にいたい。距離を置かれたくない。だから待って。もう少しだけ……」

混乱したまま、頭に浮《う》かんだ言葉を次々に口にする。

「春希?」

平井は、そんな春希の突然の激高《げっこう》に戸惑ったようで怪訝《けげん》そうな顔をした。

春希は、慌《あわ》ててそのシャツをつかむ。

「待って! 頼《たの》むから、引かないで!」

わからないだけで、嫌《いや》がってるんじゃない。だから離れて行かないで、と、春希は同じような言葉を何度も何度も繰《く》り返す。

東条の家で暮らすようになってから、ずっと目立たないよう大人しくしていた。

これ以上、重俊に迷惑《めいわく》をかけないよう、繁樹に嫌《きら》われないようにと……。

叱《しか》られても口答えしたことなんかなかったし、自分からなにかを要求したこともない。

だから今、どうしていいのか本当にわからない。

イエスでもノーでもない中途半端《ちゅうとはんぱ》な状態なのに、平井に側にいて欲しいと願ってしまっていいものか……。

これは、我が儘《まま》なんじゃないか？

だとしても、出生の秘密を知ってからは我が儘を言う機会なんてなかったから、我が儘の言い方すらすぐには思い出せない。

春希は、甘える、という手段があることすら忘れてしまっていた。

できるのは、自分の気持ちをそのまま訴《うった》えて、お願いすることだけで……。

「——わかった、わかったから……」

興奮して自分の気持ちを訴え続ける春希を、平井の腕がふわっと抱きしめる。

「大丈夫《だいじょうぶ》だ。俺は、どこにも行かないから落ち着け。……な、春希？」

平井は優《やさ》しい力で春希を抱きしめたまま、春希の髪《かみ》に頬を寄せて宥《なだ》めるように言った。

そのまま、まるであやすように背中を撫《な》でられる。

平井のシャツを握る春希の拳から、力がゆっくり抜《ぬ》けていった。

「……ごめん。取り乱した……」

「気にするな。春希の気持ちは、今のでよくわかった。――まだ、恋をする準備が整ってなかったんだな。焦らせて悪かった。心配しなくても大丈夫。俺は気が長いからな。春希の準備が整うまで、ゆっくり待ってるから……」

「本当に……いいのか？」

迷惑なんじゃないかと顔を上げると、平井は優しく微笑《ほほえ》んでいた。

(今までと同じ)

変わらないその素敵《すてき》な唇のラインに、少しほっとする。

「もちろん。待つ価値は充分にあるからな。……それに、こっちは惚《ほ》れてる相手と一緒《いっしょ》にいられるだけでも幸せだ」

「……この顔でよかった」

平井を引き止めておくことができるのなら、この顔も悪くない。

そう、はじめて思えた。

「そこら辺、まだ誤解があるみたいだな」

鈍くさいな、と平井が愉快《ゆかい》そうに言った。

「俺が惚れてるのはその顔じゃない。その顔の中味に惚れてるんだ。その綺麗《きれい》な顔が好きだったんなら、ジュエリーと同じように、ただ眺《なが》めて記憶《きおく》に入れれば満足だったはずだ。わざわざ変な理由をこじつけて、何度も会う必要なんかないだろ？」

「変な理由って？」

「だから、ほら……。なにを作るか決めるためにもっと話をしようとか、疑似恋愛してみようとか……」

平井が照れくさそうな顔をしている。

「あれは、俺のためにそうしてくれたんじゃないのか？」

なんて親切な人なんだろうと思ってたのに、と春希が言うと、最初から下心があったんだと平井が苦笑《くしよう》する。

「そうか……。じゃあ、平井さんはいま恋をしてるんだ」

「ああ。それも、春希にな」

「俺なんかの、どこがいいんだ？」

純粋《じゆんすい》な好奇《こうき》心から聞いてみたのだが、平井は軽く眉《まゆ》をひそめた。

「そういう自分を卑下《ひげ》したような言い方はするなよ。君に惚れてる俺に対しても失礼だ」

困惑した春希は「そういうものか？」と首を傾げる。

平井は、「そういうものだ」と神妙《しんみよう》な顔で頷《うなず》いた。

「俺は、惚れてる相手のことを悪く言われて喜ぶ変態じゃない」

「ああ、そういうこと……」

納得《なつとく》、と春希が素直《すなお》に頷くのを見て、「そういうところが気に入ってる」と平井が笑った。

「天然で鈍《どん》くさくて不器用で……たまらなく可愛《かわい》い」

（……誉《ほ》めてないような）

のしっと頭に重みがかかる言葉の数々が、可愛いという評価に繋《つな》がることが理解できない。

春希が怪訝そうに見上げると、平井は「本気なんだけどな」と困っている。

「今だって、可愛すぎて、春希を抱いた手を離《はな》せないでいるしさ」

そう言われて、春希は改めて自分達の体勢を再認識《にんしき》した。

背中にまわされた平井の腕は、春希を締《し》めつけるでなくふんわりと包み込んだまま。

「……近い」

「嫌か？」

春希は、迷うことなく首を横に振《ふ》る。

嫌どころか、むしろ心地《ここち》いい。

（そういえば、最初に会ったときもそうだった）

頬に触《ふ》れる平井の手の温《ぬく》もりは、とても心地よかった。

春希がその話をすると、平井は安心したようだった。

「さっきのキスは嫌じゃなかったか？」

「キスは……。びっくりした。でも嫌じゃなかった。……前にバーで唇《くちびる》が触れたの、あれもキスだったのかな？」

春希の問いに、「実はそのつもり」と平井が照れくさそうに答える。

「あれも嫌じゃなかった。あの後、なんだか少し鼓動《こどう》が速くなったし……」

「かなり脈有りだな」

「そうなのか？」

「そういうことにしとけ」

嬉《うれ》しそうに微笑んだ唇が、また唇に触れた。

触れるだけの優しいキス。

（……やわらかい）

目を開けたままだった春希は、すぐに離れていく唇を視線で追っていた。

「ここはＯＫだな？」

聞かれて頷くと、また嬉しそうな唇が近づいてくる。

頬や額にキスされて、その度《たび》に「ここは？」と聞かれて「平気」と頷く。

そうこうしているうちに唇が右目に近づいてくる。

「……っ」

ビクッと思わず身を引いたが、「瞼《まぶた》を閉じて」と言われて素直に従った。

瞼に触れる柔《やわ》らかな感触《かんしょく》。

唇は、なぞるように瞼から頬へ、そして唇へと戻《もど》っていく。

「……んっ……」

平井の舌が、唇をそうっと舐《な》めていく。

その刺激《しげき》に唇がなんだかむずむずした春希は、思わず舌を出して自分でも唇を舐めた。

その隙《すき》を狙《ねら》っていたのか、再び平井の唇が押し当てられ、そしてまた舌先が侵入《しんにゅう》してくる。

「……ぅ……ふぅ……」

びっくりして瞼を開けてしまったものの、二度目だけに、今度はそんなに驚《おどろ》かずに受け入れられた。

それでも、自然と背中が反ってしまって、やけに不安定な姿勢になる。

少し怯《おび》えて奥に引っ込んでしまっていた舌を誘《さそ》い出そうとするように、平井がより深く唇を合わせてくる。

（……なんだか、これ……）

はじめての深いキス。

歯列をくすぐられ、唇を甘嚙《あまが》みされると、怯えているわけでもないのに勝手にビクッと身体《からだ》が震《ふる》えた。

絡《から》みあい、擦《こす》れ合う熱い舌、混じり合う唾液《だえき》。

吹《ふ》き込まれる熱い息に、胸が熱くなり、指先がじんと痺《しび》れてくる。

（……甘い感じ）

極上《ごくじょう》のウイスキーを口に含《ふく》んだときと同じような陶酔感《とうすいかん》を覚える。

とろん、と自然に瞼が落ちた。

「……んん……っ……」

一度、甘いと感じてしまうと、もう止まらなくなった。

もっと欲しくなって、自分から積極的に舌を擦りつけていく。

「……乗り気みたいだな」

唇を離した平井が嬉しそうに呟《つぶや》く。

「もう少しだけ、いいか？」

もっと欲しいという欲求に背を押されるまま春希は頷いていた。

春希は、その首に両腕《りょううで》を絡ませて、深いキスをまた貪《むさぼ》った。

作業場の隅《すみ》にある寝椅子《ねいす》に座らされ、平井が立ったまま屈《かが》み込むようにしてキスしてくる。

「……ふっ……」

合わさった唇の間から、混ざり合った唾液がつうっと零《こぼ》れていく。

唇から顎《あご》、柔らかな喉元《のどもと》へと伝う唾液を、平井の唇がなぞっていく。

くすぐったさに、春希は思わず首をすくめた。

「ちゃんと身につけてるな」

春希のシャツのボタンを外した平井が、胸元《むなもと》に光るルビーを見て嬉しそうに微笑む。

「少しは好きになれたか？」

春希は深く頷いた。

「もう怖《こわ》くない。今は甘そうに見える」

「甘そう？　じゃあ、舐めてみるか？」

平井は指輪をつまむと、春希の唇に近づける。

(……甘くない)

ペロリと舐めてガッカリする春希に、再び平井が口づけてくる。

平井は、指輪を舌先で押し込むようにして春希の口の中に入れてきた。

「……っ……」

平井の舌と指輪とが、春希の舌に同時に触れてくる。

(……甘く……なった)

でも、とろりと蕩《とろ》けるのは春希のほう。

キスしながら、平井の両手が頬《ほお》から喉、胸元へと滑《すべ》り落ちていく。

触れられた肌《はだ》がじんと痺れて、身体の芯《しん》が疼《うず》いた。

「……ふっ……」

指先で乳首《ちくび》を探《さぐ》られ、キュキュッと擦り上げられて、身体がビクッと震えた。

平井のゴツゴツした指に撫《な》でられたところから、じんわりと甘い痺れが湧《わ》き起こる。

「……春希は感じやすいんだな」

ちゅっと音を立ててキスをした平井は、床《ゆか》に膝《ひざ》をつくと春希のジーンズの前を開いた。

「……ん……」

驚く春希を尻目《しりめ》に、平井はためらいもなくものを取り出した。

「春希は、ここも綺麗《きれい》だ」

ちゅっと先端《せんたん》にキスされた春希は、「待って！」と慌《あわ》てて平井の肩《かた》を押した。

叫《さけ》んだ拍子《ひょうし》に、口からルビーが零れる。

「嫌《いや》か？」

「……嫌じゃない。けど……そんなの……」

恥《は》ずかしさから平井の顔が見ていられなくて、春希は伏《ふ》せた目をそらし、両手で前を隠《かく》した。

「その顔……。ったく、たまらないな」

平井の手がいきなり頬をつかみ、瞼や頬に浴びるようにキスされた。

「最初に俺がやられたのも、その顔だ」

「……バーで途中《とちゅう》になってた話？」

「そう。——弱々しく不安そうで、それでいて恥ずかしそうで……。見ていると、どうにかしてやりたい気分になる」

そんな顔をされると、もっと恥ずかしがらせたくなるし、同時に、無性《むしょう》に守ってやりたいような気分にもなると、平井が熱っぽく語る。

「俺……そんな顔してた？」

「ああ。——無意識だろうから、自分では見たことないんだな」

もう誰《だれ》にも見せるなよ、と命令口調で言いながら、再び深くキスしてくる。

（無理言ってる）

無意識だと言うのなら、自分じゃコントロールできないのに……。

それでも、なんだか平井の独占欲《どくせんよく》が嬉しくて、自然に頬がゆるむ。

「その表情もいいな。——ほら」

平井は、春希の胸に揺《ゆ》れているルビーをつまみ、また唇《くちびる》に寄せてくる。

「……ん」

春希が唇を開けて舌を出すと、そこにルビーを落とし、押し込むようにキスした。

「そのまま、ルビーを舐めてな」

平井が再び、春希の前に膝をつく。

今度は止める間もなく、足の間に顔を埋《うず》められた。

「っ……ふう……」

口の中、ゆるゆると擦り上げられ、あっという間に熱が溜《た》まっていく。

「……ん……」

自分の反応に戸惑《とまど》った春希は、平井の肩をまた押し戻そうとしたが、両手首をつかまれて椅子に押さえつけられた。

「……ふっ……っ……」

（……なんか、とろけそう……）

ずっと恋愛《れんあい》に臆病《おくびょう》だった春希は、同時にセックスに対しても臆病だった。

恋《こい》ができない以上、誰かに触《ふ》れることも触れられることもないと思っていたから、その手の行為《こうい》からは故意に目をそらしていた。

自慰《じい》はしていたものの、それだって必要に応じてのもので快感を求めてのものじゃない。

経験が未熟なまま年齢《ねんれい》を重ねてきた春希にとって、平井がもたらすはじめての感覚はたまらなく甘美《かんび》なものに感じられる。

ぞくぞくっと背《せ》筋を迫り上がってくる快感に、身体だけじゃなく心まで蕩けてしまう。

「……んんっ……ふ……」

口の中に入れられたルビーを舐《な》めながら、春希はたまらずくぐもった声を零す。

吐《は》く息と共に逃《に》げていこうとする熱を、唾液ごと飲み込むと身体の奥がじわんと痺れた。

唇と舌で嬲《なぶ》られる、えも言われぬ悦楽《えつらく》に、身体がひっきりなしにビクビクと揺れる。

春希が乗り気なのを察したのか、両手を押さえていた平井の手の力がゆるむ。

「気持ちいいか？」

「ん。俺も……する」

春希は、ルビーが口から零れないよう、手の平で押さえながら言った。

自分ばかりが気持ちよくなるのは申しわけないような気がした。

平井は、そんな春希を見上げて、「無理するな」と微笑《ほほえ》んだ。

「俺が触《さわ》りたいだけだから……。黙《だま》って気持ちよくなってな」

平井は宥《なだ》めるように、春希の背中を撫で、再び足の間に顔を埋める。

「っ……ん……」

愛《いと》おしむように舐め上げられ、自分のものとは違《ちが》うゴツゴツした指に扱《しご》き上げられる。

思わず零れそうになる声とルビーを、手の平で押さえて、思わずのけぞった。

(あ……だめ……もう、いく)

覚えのある感覚が迫ってくる。

平井の口を汚《よご》すわけにはいかないと思って、その肩を押し戻《もど》そうとしたのが、またしても手を押さえ込まれた。

とろとろとひっきりなしに零れてくる透明《とうめい》な雫《しずく》を、唇で強く吸い上げられ、こもっていた熱が一気に迫り上がってくる。

ぶるぶるっと身体《からだ》を震《ふる》わせて、春希はその瞬間《しゅんかん》を迎《むか》えた。

せき止められていた熱が一気に逆流し、はじめての深く甘い絶頂感に理性が飛ぶ。

「……んっ。——ああっ！」

たまらず嬌声《きょうせい》をあげた唇から、ルビーがポロリとこぼれ落ちた。

落ちた拍子に、トン、とルビーがまるでノックするみたいに胸を叩《たた》く。

えも言われぬ解放感に、朦朧《もうろう》とする意識の中、ノックに応《こた》えてドアが開く微《かす》かな音が聞こえたような気がした。


そのまま、軽くうとうとしていたらしい。

平井の胸にもたれるような格好で目覚めた春希は、少しふらつく身体を慌てて起こした。

分の胸に触れてみる。


「……ごめん、動けなかっただろ」

「いや。こういうのは役得って言うんだ」

春希が立ち上がると、平井は残念そうに肩をすくめた。

その手にルビーの指輪を通したものと同じチェーンが握《にぎ》られているのを見つけて、春希は自分の胸に触れてみる。

「ない。――それ、俺の？」

「ああ。ちょっといいアイデアを思いついたんだ。ルビーはしばらく俺に貸しててくれ」

「そのままの形でいいから」

このお守りがすっかり気に入っていた春希は、返して欲しくて手を差し出したが、平井は渡《わた》してくれなかった。

「汗《あせ》かいて気持ち悪いだろう？　シャワーでも浴びてきな」

平気だと断ったが、着替《きが》えも用意しとくから、と強引《ごういん》に背中を押されて、無理矢理《むりやり》バスルームに押し込まれた。

渋々《しぶしぶ》ながらシャワーを浴び、平井が用意してくれていた服に着替えてみる。

フードのついたロングTシャツにハーフパンツという、春希が絶対に着ない類《たぐい》の服で、しかも平井のものだけにダブダブだ。

サイズの合わないルーズな服に着心地《きごこち》の悪さを感じながら広いLDKに戻ると、キッチン内で鼻歌交じりに料理にいそしんでいた平井が、春希の姿を見て「いいねぇ」とにやにやした。

「似合うぞ。今度、その手のラフな服をプレゼントしてやるよ」

似合うかなぁ？　と首を傾《かし》げつつ、平井に歩み寄って手元を覗《のぞ》き込む。

「……平井さん、料理できるんだ」

「ひとり暮らしだから、それなりにな。――夕食、食ってけ」

「迷惑《めいわく》じゃないか？」

「もちろん」

慣れてはいるが、ひとりの食事はやっぱり味気ないと言われて、春希はご馳走《ちそう》になることに決めた。なにか手伝いたかったが、料理などしたことがないから役に立てそうもない。

手持ちぶさたな感じで、カウンター越《ご》しに平井の手元を覗き込んでいると、皿出しやテーブルセッティングを手伝うようにと指示された。

「……っと、そうだ。そっちの食器棚《だな》の中にあるウイスキー取ってくれ」

「ウイスキー!?」

一気にテンションが上がった春希は、嬉々《きき》として指示されるまま食器棚の下段の棚から木箱に入ったウイスキーを取り出す。

「グレンファークラス！　平井さん、いい趣味《しゅみ》！」

かなりいい年代のもので、けっこう値が張るはずだ。

春希も好きな銘柄《めいがら》だが、サラリーマンの身だけに普段《ふだん》はさすがに手が出ない。

「これ、飲んでいいのか？」

期待に満ちた視線を向けると、平井は苦笑《くしょう》した。

「それは、北斗から春希にって預かってたやつだ」

「俺に？」

「誤解して、きついこと言って悪かったってさ」

「ああ、あのときの……」

確かに誤解されたまま一方的にまくし立てられたけど、春希だって否定しようともしないで、黙って聞いていた。

だから、きっとお互《たが》い様だ。

(平井さんが説得してくれなかったら、北斗さんとの繋《つな》がりはあそこで切れてたな)

噂《うわさ》を否定しようともしなかった自分の代わりに、平井が北斗を説得してくれた。

お稚児《ちご》さんだなどという事実無根の噂で貶《おとし》められた春希の名誉《めいよ》を、平井が守ってくれた。

(……嬉《うれ》しい)

自然に頬《ほお》がふっくらと動くのを感じる。

「気にしなくてもよかったのに……」

口ではそう言いながらも、春希の手は既《すで》に木箱の蓋《ふた》にかかってしまっていて、

「嬉しそうだな。飲む気満々じゃないか」と、平井に思いっきり笑われた。

「好意は素直《すなお》に受け取ろうかと……。――ありがとう」

「俺にじゃなく、次に会ったときにでも、本人に直接言ってやりな」

「わかってる。そのつもり」

それはそれ、これはこれだ。

「今のありがとうは、平井さんに」

「俺？」

「そう。――北斗さんの誤解を解いてくれてありがとう」

「なるほど、そういうことか」

どういたしまして、とカウンターの向こうから、平井がウインクを投げて寄こした。

（……さまになってる）

格好いい、と素直に思える。

（そんなに、待たせずに済むかもしれない）

平井の表情の多彩《たさい》さ、明るさを好ましいと感じている自分に、春希はちょっと嬉しくなった。


楽しい夜だった。

平井が作ってくれた料理を食べ、美味《おい》しいお酒を飲みながら、春希は平井に聞かれるまま、いろんな話をした。

今まで、どんな風に生きてきたかだけじゃなく、なにを考えて生きていたのかも……。

東条家に引き取られると決まったときの喜び、繁樹に嫌《きら》われていると知った日の悲しさ。

流されるままに人生を歩みながらも、重俊の秘《ひ》めた優《やさ》しさに気づき、変わりたいと願うようになったこと……。

平井に出会う以前の自分のことを、すべて話した。

そして、平井と出会ってから、自分にどんな変化があったのかも……。

「母さんのことを思い出しても、もう苦しくない」

お母さんが可哀想《かわいそう》だという平井の一言で、すべてが変わったのだ。

無意識のうちに封印《ふういん》していた思い出を取り戻し、同時に、見えなかったものが見えてきた。

「平井さんはやっぱり凄《すご》い」

ありがとう、と改めてお礼を言うと、平井は少し困ったように微笑《ほほえ》んだ。

「俺は、そんなに凄い人間じゃない。春希の話を聞けば、大抵《たいてい》の奴《やつ》は同じ結論に達するはずだ」

春希が並外れて鈍《どん》くさいだけだ、と諭《さと》すような口調になる。

「春希が変わるきっかけになれたのはラッキーだったけどな。そこもやっぱり、お祖父《じい》さんに感謝すべきか……。――でもなぁ、春希にとっては、たぶん逆なんだろうな」

「逆？」

平井の言葉の意味がわからず、春希は首を傾げた。

だが、かなり酔《よ》いがまわっている平井は、春希の戸惑《とまど》いに気づかなかった。

「春希は、俺が考えてたよりもずっとひとりだったんだな。人との距離《きより》感《かん》をつかめないってのもそのせいだろう。価値基準も歪《ゆが》んでいるようだし……」

まだまだ問題があるなと、平井がひとり呟《つぶや》く。

「え？　俺、なにか間違《まちが》ってるか？」

不安になった春希が身を乗り出して聞くと、平井の手が伸《の》びてきて軽く頭を撫《な》でていった。

「心配するな。これからは、俺が側《そば》にいてやる。……ヒビが入らないよう、焦《あせ》らず、ゆっくり治していこうな」

なにを？　と聞いても、また今度な、と言うばかりで平井は答えてくれない。

からかわれているのでも、焦《じ》らされているわけでもないだろう。

そう確信できるほど、春希を見る平井の目は優しかった。


その夜、春希は平井の家に泊《と》まった。

自分では遅《おそ》くなっても帰るつもりでいたのだが、平井が先に酔いつぶれてしまって、ひとり残していくことができなかったのだ。

そして翌朝、平井に車で送ってもらって東条の屋敷《やしき》に帰った。

早朝の静けさの中、なんとなく足音を立てないように、そうっと離《はな》れに向けて庭を歩いていると、「おい」と重俊に背後から声をかけられた。

「……重俊さま、こんな朝早くにどうなさったんです？」

「年寄りは朝が早いものと決まっている。——おまえは随分《ずいぶん》と遅かったんじゃないか？」

その苛々《いらいら》した口調に、春希は条件反射で「すみません」と軽く首をすくめた。

「つい楽しくて、帰りそびれてしまって……」

ソファで酔いつぶれてしまった平井を、春希ひとりではベッドに運ぶことができず、仕方なく家捜《やさが》しして毛布を見つけ出した。

平井に毛布をかけてから、その側のソファで自分も毛布にくるまって丸くなって眠《ねむ》った。

(人の寝息《ねいき》を聞きながら眠るなんて、はじめて……)

呼吸の回数を数えながら、知らず知らずのうちに眠りに落ちた。

窮屈《きゅうくつ》な姿勢で眠ったにもかかわらず、今朝はひどく幸福な気分で目覚めた。

(平井さんが焦るのも面白かった)

飲み過ぎた、悪いと気まずそうに謝る平井の姿を思い出した春希は、知らぬ間にその唇《くちびる》に微笑みを浮《う》かべていた。

その顔を見た重俊が、驚《おどろ》いたように目を見開く。

「……楽しかったんなら、別にいい」

ふんっと、癖《くせ》のように威張《いば》る重俊に、春希は深く頭を下げた。

「これからは外泊《がいはく》するときも連絡《れんらく》するようにします。心配してくださって、ありがとうございました」

もう一度、ふんっと威張って、重俊が母屋《おもや》へ帰って行く。

その背中に向けて、春希も、もう一度深く頭を下げた。

6

「祖父は彫金《ちょうきん》の職人だった。俺と同じで綺麗《きれい》なものが大好きな人で、イギリスのガラス工房《こうぼう》に見学に行ったとき、そこの金髪《きんぱつ》の娘《むすめ》に一目惚《ひとめぼ》れして、口説き落として日本に連れ帰ってきた」

そして建てたのがこの家なのだと、仕事の手を休めずに平井が説明する。

「ちょっと日本人離れした顔立ちだとは思ってたけど、やっぱりそうか」

「クォーターってやつだ」

春希が平井の家に頻繁《ひんぱん》に通うようになって、一ヶ月が過ぎていた。

自分ばかりが一方的に身の上話をしていたことに気づいた春希が、平井さんの両親は？　と自主的に聞いたことではじまった昔話。

平井は、それを説明するには祖父母の代からの話になるなと嬉しそうな顔をした。

だから春希は、作業する平井の手元が見える場所に椅子《いす》を据《す》えて、邪魔《じゃま》にならない距離を保ったまま話を聞いている。

「彼女は日本で四年ほど暮らした後、ホームシックにかかって、子供を連れてイギリスに帰った。その子供が俺の親父《おやじ》」

「お父さんは、イギリス育ち？」

「ああ。今は向こうのガラス工房を継《つ》いでいる」

「お母さんは？」

「母は日本生まれの日本人。イギリス旅行に行って、日本語のわかるハーフのイケメンに一目惚れして、そのまま嫁《よめ》になった」

「じゃあ、平井さんはイギリスで生まれたのか」

「記憶《きおく》はないがな。英語が達者じゃなかったお袋《ふくろ》は、向こうの文化に馴染《なじ》めなかったんだ。ホームシックにかかって、その結果、乳飲《ちの》み子の俺を連れて日本に帰国した」

「またホームシック」

「国際結婚《けっこん》の悲劇だな。——お袋はこっちに頼《たよ》れる身内がいなかった。だから、日本に戻ってからは、当時空き家だったこの家に住むことになった。親父とは完全に別れたわけじゃなかったから、祖父があれこれ親身になって面倒《めんどう》を見てくれたんだ」

「その後は？」

「俺が七歳になったとき、お袋はまたホームシックにかかった」

「日本にいたんだろ？」

「ホームシックの対象は、国じゃなく親父。こっちにいる間に言葉も勉強しなおして自信もついたってことで、もう一度向こうに帰ったんだ。で、向こうには、いま大学生の弟と妹がひとりずついる」

「三人兄弟か。——それで、平井さんはいつ日本に戻ったんだ？」

「俺はイギリスには行かなかったんだ。まるっきり日本育ちの日本人だし、友達もいたしな……。よく覚えてないが、外国なんかに行かないと大暴れしたらしい。……で、こっちに残って、祖父の養子になった。ガキの頃《ころ》の夢は、祖父と同じ彫金の職人だ」

平井の祖父には、その作品を熱狂的《ねっきょうてき》に愛している崇拝者《すうはい》達がいて、そのお陰《かげ》で平井は子供の頃からかなりいい目を見てきたらしい。

（それでか……）

顧客《こきゃく》からの至《いた》れり尽《つ》くせりの親切を、ごく当たり前のように受け止める素養は、その頃に作られていたのだろう。

「でも今は、ジュエリーデザイナーだ」

「こっちのほうが性《しょう》に合ってた。彫金の技術はジュエリーを作るのに必要だから役に立ってる。二年前に死んだ祖父さんも好きなことをしろって言ってくれたしな」

祖父の跡《あと》は一番弟子《でし》が継いでいるのだと平井が言う。

「そう。……理解のある人だ」

「なにしろ、俺を育てたくらいだから」

「納得《なっとく》」

春希は、平井の手元を覗《のぞ》き込んだまま、生真面目《きまじめ》に頷《うなず》いた。

そのまま、自然と会話が途切《とぎ》れて、部屋には平井の作業する音だけが響《ひび》いた。

平井は今、春希が頼《たの》んだシルバーのアクセサリーを作ってくれている。

春希のルビーと弟の誕生日プレゼントと、どっちを先に作るかと聞かれて、春希がプレゼントのほうを先にと頼んだからだ。

平井が起こしたデザイン画をいくつか見せられ、春希が最終的に選んだのは表面に十字架《じゅうじか》をモチーフにした幾何学《きかがく》模様を彫《ほ》り込み、オニキスをはめ込んだ細めのバングルだった。

平井に言わせると、その作成作業もそろそろ佳境《かきょう》に入っているらしい。

はじめて見る彫金用の特殊《とくしゅ》な道具と金槌《かなづち》で、形を整えたバングルに少しずつ丹念《たんねん》に手彫りで細かな模様を彫り込んでいく。

春希の目には気が遠くなるような作業のように見えるが、平井はこの手の作業が好きなのだと言う。

少しずつ作業を積み重ね、じりじりと完成形に近づいていく。

手を抜《ぬ》けば、作品の完成度は明らかに落ちる。

丁寧《ていねい》に手間をかけ、慎重《しんちょう》に作業を進めていけば、作品の完成度はそのぶん上がる。

作品に対する思い入れが、そのまま完成度に表れる。

だから細かい作業はむしろ好きだと平井は言う。

(作品に想《おも》いを込めてるんだ)

——好きな仕事を、自分の好きなようにする。

それが楽しいと平井は言うが、そう簡単にできることじゃないと、平井の仕事ぶりを見ていると感じる。

平井が言うところの『自分の好きなようにする』とは、自分の好き勝手にするのとはちょっと意味合いが違《ちが》う。

平井は、『自分の仕事に誠実に向かい合う』ことが好きなのだ。

だから、決して手を抜かない。

コツコツと仕事を続ける平井の姿に、以前聞いた言葉が甦《よみがえ》る。

——人の感情が伴《ともな》ってこそ、ジュエリーはその価値を増す。

その言葉が、本当の意味で理解できたように感じられた。

(俺は、なにも作りあげたことがない)

与《あた》えられた場所で、与えられた仕事を、ただ右から左へこなしていただけ……。

人間関係もまた然《しか》り。

春希は、沈黙《ちんもく》の合間に、そんなことをぽつりと口走った。

「俺との関係を、いま作ってる途中《とちゆう》だろ?」

焦《あせ》るな、と平井が作業の手を休めず答える。

口元に浮かぶ、その穏《おだ》やかな微笑《ほほえ》みが好ましい。

春希は、平井の唇の形をこっそり真似《まね》てみた。

焦るなと平井には励《はげ》まされたが、春希はそれでも焦《じ》れている。

平井との関係が平行線を辿《たど》ったままなのが焦れったくて仕方ない。

休日の度に平井の家に入り浸《びた》っているが、恋人同士《こいびと》と呼べるほどの関係には進んでいない。

後一歩が、なかなか踏《ふ》み出せない。

好きだと思うこの感情が、恋なのかどうかの判断がつかないのだ。

いっそのこと、『それが恋だ』と平井が一方的に断定してくれて、強引《ごういん》に関係を進めてくれればいいのにと思うのだが、平井はそうしてくれない。

「押せば簡単に落ちるだろうが、それじゃ駄目《だめ》だ」と、余裕《よゆう》の態度だ。

この前の平井の愛撫《あいぶ》の甘さにすっかり味をしめていた春希は、身体《からだ》だけでもいいから、とりあえず先に進もうとねだってみた。

光栄だな、と平井は嬉《うれ》しそうににやにやしたが、やっぱり応じてはくれない。

人との関係をうまく築けずにいた春希にとって、自分はたまたま一番最初に親しくなった相手だ。最初に見たものを親と思う雛《ひな》のように、純粋《じゅんすい》な好意を感じてくれているだけの可能性も捨てきれないからと……。

騙《だま》して強引に手に入れるのは、自分の趣味《しゅみ》じゃない。

それに、かつて春希は恋に対してわだかまりを持っていた。だからこそ慎重になる必要がある。その心に取り返しのつかない傷を残さないためにも、と平井が言う。

春希の気持ちが自然に動くのを気長に待つから、とも……。

（……失敗した）

どうやら平井は、春希が吐露《とろ》した心情を聞いたことで余計に慎重になってしまったらしい。

そのせいか、キスだって触《ふ》れる程度のものばかりで、それ以上のことをしてくれない。

春希は、そんな平井の態度が少し不満だ。

(俺に惚《ほ》れてると言ったくせに……)

平井が呑気《のんき》に待っている間に、自分が他《ほか》の誰《だれ》かに心惹《こころひ》かれてしまったらどうするんだと、半ば脅《おど》しのつもりで聞いてみたりもした。

「お、強気だな。いい傾向《けいこう》だ」

平井は春希の脅しにまったく動じず、むしろ楽しげな顔をした。

だがその後、ふと真顔になり、

「万が一、そんなことになったら、どんな手を使っても必ず奪《うば》い返すさ。俺は本来、自分勝手で我が儘《まま》な男だ」、などと真剣《しんけん》な口調で言う。

その表情に、春希はかなりドキッとさせられた。

(……ちょっと意外)

ずっと優《やさ》しくされていたから、そういう一面もあることに気づいていなかった。

そこまで思ってもらえていることは、やっぱり嬉しい。

春希がひとりでどきまぎしていると、「ま、鈍《どん》くさい春希に限って、それはないだろうな」と平井は余裕の態度。

鈍くさい、の一言が、のしっと重いのは、やっぱり事実だからだろう。

笑えるようになったのだって、蓋《ふた》を開けてみれば、平井と重俊の前でだけだった。

依然《いぜん》として、それ以外の場所では表情が強《こわ》ばる。

こんな調子では、他の人に心が向くわけがない。

でも、だからこそ、もう間違いないと思うのだ。

もう一押し、なにかきっかけさえあれば、きっと確信できる。

この気持ちが恋に変わる瞬間《しゅんかん》を、春希はひたすらに待ち望んでいた。


一時の忙《いそが》しさが嘘《うそ》のように、最近の秘書室内にはのんびりとした空気が漂《ただよ》っている。

三池の予想では、後一ヶ月程度はこんな調子が続くらしい。

室長はのんびりしててくださいと言われたが、そんな暇《ひま》はない。

この暇な時期に、内部の書類作成を行っている部下達の仕事のノウハウを覚えてしまいたい。

そうすれば、次の繁忙《はんぼう》期が来たとき、前よりもっと役に立てるだろうから……。

そんな企《たくら》みを抱《いだ》いている最近の春希は、室長としての仕事が終わって時間が空くと、部下達の机の並びにある空き机に居座るようになっていた。

部下達は、少し居心地《いごこち》悪そうにしているが、とりあえず気にしない。

(俺は鈍くさいからなにも気づかない)

などと、呪文《じゅもん》のように心で唱えながら、部下の戸惑《とまど》いをシカトして、彼らの仕事ぶりを眺《なが》めては、あれこれ質問したり、手伝いますと宣言して強引に手を出したりしている。

部下達の反応は、正直微妙《びみょう》だ。

進んで仕事を教えてくれることはないが、面と向かって迷惑《めいわく》だと言われることもない。

上司のはずなのに、自ら下っ端《ぱ》扱《あつか》いされたがる春希の行動に戸惑っているだけかもしれないが……。

「はい、はい。……申しわけありません。すぐに用意いたしますので」

終業時間間際《まぎわ》、地道なデータの抽出《ちゆうしゆつ》作業にすっかり熱中していた春希は、謝る声の必死さにふと現実に戻《もど》って顔を上げた。

見ると、部下のひとりが受話器を耳に当て、蒼白《そうはく》な顔で謝っていて、フロア内が妙に騒然《そうぜん》としている。

「……トラブルですか？」

隣《となり》に座っている部下に聞くと、困惑した顔で頷《うなず》く。

「今野さんにお渡《わた》しした資料に、不備があったようなんです」

記録メディアに情報をコピーして客先に持って行ったのだが、そのデータが破損していて開けないのだと言う。

「データを直接転送してみては？」

「それが、先方がすっかり機嫌《きげん》を損ねていて、責任者にデータを持たせて直接謝りに来させろと言ってるようなんです。……でも今日、三池さんはいらっしゃらないから」

代理の責任者で納得《なっとく》してくれるかどうか……と、部下は不安そうな顔をする。

三池は今日、社員教育プログラムの講師として他の部署に出向いていて留守なのだ。

「ああ、じゃあ、私が代わりに行きます」

途中だった作業を保存しながら、春希が言った。

「え、室長が？」

「はい。——もう準備はできてるんですよね？　場所はどこですか？」

資料の作成そのものに関するミスだったら、ミスの説明に特別な知識が必要なこともあるだろうが、確認《かくにん》を怠《おこた》ったために起こった単純なケアレスミスだ。

三池でなくとも充分《じゅうぶん》に対応できるはずだと春希は立ち上がったのだが、春希の宣言を聞いた部下達は、なにやら驚《おどろ》いたような顔をしている。

「……私では力不足でしょうか？」

「そういう意味ではなくて……。今野さんが今応対している取引先の重役は、少々気むずかしいことで有名な方なんです。室長が、わざわざ嫌《いや》な思いをしに行く必要はないのでは？」

(三池さんだったら、嫌な思いをしてもいいってことか？)

変な理屈《りくつ》だと、春希は首を傾《かし》げる。

「別に構いません。これでも一応ここの責任者ですし、先方に謝罪に行くのも私の仕事のうちでしょうから」

他のことではまだあまり役に立ってないですし……、と春希が軽く首をすくめると、部下達はひどく困惑して顔を見合わせていた。


先方は、玩具《おもちゃ》やファンシーグッズなどを主に手がける国内有数のソーシャルコミュニケーション企業《きぎょう》『コーダ』の重役だった。

東条電機が技術提携《ていけい》して開発を進めている子供向け携帯《けいたい》の販促《はんそく》品として、防犯ベル機能のついたストラップを作る計画が進行しており、それに『コーダ』の人気キャラクターをコラボレートしたいと何度も打診《だしん》して、やっと契約《けいやく》に漕《こ》ぎつける寸前まで来ているらしい。

ここで契約が延《の》びたり、再考になってしまっては、後々にまで影響《えいきょう》が出る。

なんとか、機嫌を直してもらわなければならなかった。

焼き直したメディアを手に、会社を出てタクシーに乗った春希は、窓に映る自分の顔を見てハッとした。

(そうか。この顔のせいでみんな困惑してたのか……)

緊張《きんちょう》のあまり仏頂面《ぶっちょうづら》になってしまっている顔を、春希は慌《あわ》てて両手でマッサージした。

こんな仏頂面で謝ったところで先方に誠意が伝わるかどうか……。

(でも、謝り倒《たお》すしかない)

目的地は、高級ホテルのティーラウンジ。

ここで資料の受け渡しをする、というのは建前で、本当のところはホテル内のレストランで、コンパニオンを同席させて接待するのが当初の目的だったらしい。

本契約や話し合いをする予定などはなかったから、資料データがすぐに開けなくとも、後日改めて送ればいいだけの話で、先方が腹を立てるのは少々おかしい。

なにかの腹いせか八つ当たりの可能性もある。どんなに理不尽《りふじん》なことを言われても我慢《がまん》してくださいねと部下達からは忠告されていた。

(今野さんも気の毒に……)

今野は秘書室の最年長、春希、三池に次ぐ秘書室の重鎮《じゅうちん》で、専属秘書として外に出ることの多い部下を管理監督《かんとく》している。

日中は外に出ていることが多いせいか、春希が秘書室勤務になったばかりの頃《ころ》は、なにか不都合なことはないかと顔を合わせる度《たび》に心配してくれた。

三池に関する忠告をしてくれたのも、この人だった。

(心配性《しんぱいしょう》みたいだから、きっと今ごろ困ってるだろう)

今野は先方の重役と個人的に知り合いだとかで、今回の接待も先方に望まれて彼ひとりで対応していた。だが、いくら知人とはいえ、立場的には下なだけに、先方にごねられてはどうしようもなかったのだろう。

(俺が謝って済めばいいが……)

あまり大事になってしまっては、今野の評価にも傷がつく、

誠意が伝わるようにしっかり謝ろうと、春希は頰《ほお》のマッサージを続けた。

ホテルに着くと、豪奢《ごうしゃ》な玄関《げんかん》ホールのすぐ脇《わき》にあるティーラウンジへまっすぐ向かった。

(いた)

教えられていた通り、ティーラウンジの一番奥まった静かな席に、今野の姿を見つけた。

ひょろっと細い今野と対照的《たいしょうてき》な恰幅《かっぷく》のいい中年男性が、その斜《なな》め隣に座っている。

この男が先方の重役、福沢《ふくざわ》だろう。

謝る気満々で歩み寄っていった春希が声をかけるより先に、今野が春希の姿を見つけた。

「室長、待っていましたよ」

立ち上がり、声をかけてくる。

(……あれ?)

そのにこやかに微笑《ほほえ》んでいる顔に、春希は奇妙《きみよう》なものを感じた。

トラブルの渦中《かちゆう》にある人間にしては、少々ほがらかすぎやしないかと……。

「おお、やっと来たか。待ちかねたよ」

立ち上がり、振《ふ》り向いた福沢も、とてもへそを曲げているようには見えない笑《え》みを浮《う》かべながら、手を差し伸べてくる。

「遅《おそ》くなりまして申しわけありません。光原と申します」

一礼した春希は、名刺《めいし》を後回しにして、その手を握《にぎ》り返した。

「近くで見るといっそういい。子供の頃は興味がなかったが、いい感じに成長したものだ」

「は？……あ、あの……」

握り返してくる福沢の手が、なかなか離《はな》れない。

それどころか、福沢の左手が顔に向かって伸びてきて、驚いた春希は軽くのけぞった。

「あの……以前、どこかでお会いしましたか？」

空振りした福沢の左手が、握ったままの春希の手の上に置かれて、さわさわと撫《な》でてくる。

(き、気持ち悪い)

微妙に汗《あせ》ばんだその手の平、なんともねちっこい感じの握手《あくしゅ》に、春希は鳥肌《とりはだ》を立てた。

「君が東条会長のお供をしているところを何度か見かけたよ。先日の茶会でも会ったな」

急用があった社長の代理で出席していて、重役に挨拶《あいさつ》したのだと福沢が言う。

「そうでしたか……。それは失礼を」

沢山《たくさん》の人に挨拶したし、緊張のあまり仏頂面になった顔を見られないように始終俯《うつむ》き加減《かげん》だったから、春希のほうは顔を覚えていない。

「いやいや。気にせんでくれ。これから仲よくしてくれれば問題ない」

握った手を撫でていた左手は、今度は春希の肩《かた》に上がり、馴《な》れ馴れしく撫でさする。

(なんなんだ、この人？)

まったく怒《おこ》っていない、むしろ上機嫌だ。

なにか話が違《ちが》うと今野に視線を向けたが、そっちもまた、ご機嫌そうな顔。

内心で首を傾げつつも、とりあえず自分の役目を果たそうと思った春希は、福沢の手をやんわりと押しのけた。

「この度は、こちらの手違いでご迷惑《めいわく》をおかけして申しわけありません。ご依頼《いらい》のデータを持ってまいりました」

確認していただけますか？　と鞄《かばん》に入れて持って来た小さなメディアを取り出し、福沢に提示したが、その途端《とたん》、福沢は不愉快《ふゆかい》そうな顔をする。

「今野くん、これはどういうことだね」

「少々、手違いがあったようで……。少し、失礼します。——室長、こちらに」

今野にぐいっと腕《うで》をつかまれ、ティーラウンジから玄関ホールの隅《すみ》へと連れ出された。

「困りますよ。ちゃんと仕事してもらわないと……」

「はい？　仕事なら、しているつもりですが」

言われた通りデータを運んできたし、これから土下座でもなんでもして謝るつもりもちゃんとある。なにが不満なんだろうと、春希は軽く眉《まゆ》をひそめた。

「データに不備なんかありません。あんなの、あなたを社外に連れ出すための言い訳に決まってるでしょう。あなたは自分の役目を果たしてくれればいいんですよ」

「えっと……意味がわからないんですが。私の役目は、こちらのデータ不備の謝罪をすることではないのですか？」

「とぼけたことを言わないでください。会長から伺《うかが》ってるんでしょう？」

「なにをです？」

「ご自分の本当の役割のことですよ」

「本当の役割？」

ますますわからない。

本気で困惑して首を傾《かし》げる春希に、今野は呆《あき》れたようにため息をつくと、顔を近づけてきた。

「会長相手にしていることを、ここでもしてくれればいいんです」

耳元でひそひそと囁《ささや》かれたが、やっぱり全然わからない。

「具体的に言ってくれないとわかりません」

「困った人だな……。ですから、お稚児《ちご》さんとしての役割を果たせと言ってるんですよ」

「…………は？」

思いもかけない台詞《せりふ》に、春希はぽかんとした。

「それが、福沢氏の望みです。今夜一晩お相手すれば契約書にサインしてくれるんです。その程度、あなたにとっては、どうってこともないでしょう」

「え、あの……つまり、私に、あの人相手に性行為《せいこうい》をしろと？」

「そうです。まさか、嫌《いや》だというつもりじゃないでしょうね？」

まさかじゃなく、嫌だ。

春希は、深く頷《うなず》いた。

「それは、私の業務には含《ふく》まれていません」

そんな春希の答えに、今度は今野が困惑した顔をする。

「会長から聞いていないんですか？」

「そんなこと、一言も言われてません」

春希が断言すると、「おかしいな。私達には確かに言ったのに……」と今野が独りごちた。

「重俊さまが、なにをおっしゃったと言うんです？」

「あなたを仕事の役に立てろと……」

春希の秘書室勤務が決まったとき、重俊は、三池と今野を呼んで言ったのだそうだ。

——あれは役に立つはずだ。うまく使ってやってくれ、と……。

「特出したスキルもなく、秘書経験もない無能なあなたの取り柄《え》は、その綺麗《きれい》な顔だけですよ。役に立てることなど、ひとつしかない」

『無能』の一言が、ずしっと頭に重い。

（確かに無能だけど……）

が、はっきり言って性行為に関しても無能だ。

（重俊さまは、そのおつもりで俺を異動させたのか……）

秘書経験もなく、人づき合いも苦手な自分を、秘書室の室長などに抜擢《ばってき》するとは、いくらなんでも贔屓《ひいき》が過ぎるとくすぐったく感じていたのに……。

（……馬鹿《ばか》だな。勘違《かんちが》いしてたのか……）

自分への好意があるからこその大抜擢だと思ったのに、そういう事情だったとは……。

（所詮《しょせん》、俺は愛人の子ってことか）

思い上がるにもほどがある。倉庫番だったのを、本社の秘書室に引っ張り上げたのは、そういう使い道があることを思い出したからだったのだ。

春希は、心の中で自分で自分をあざ笑った。

「ここであなたが断れば、本当に福沢氏のご機嫌《きげん》を損《そこ》ねてしまいますよ。そうなれば契約《けいやく》も白紙に戻《もど》るし、あのデータを作成した者にも責任を取って辞《や》めてもらわなければならなくなる」

「え?」

「そうでしょう? あなたをここに呼ぶためとはいえ、トラブルをねつ造してしまったのですから……。あのデータをメディアにコピーし、確認《かくにん》もせず私に渡《わた》した者に、表向きの責任を取ってもらわないと」

「確認をしたと本人は言ってますが?」

「言ってるだけでしょう。証拠はない。こちらの手持ちを破損させてしまえばいい」

(ひどい)

秘書室で内部の仕事に携《たずさ》わっている部下達は、みんな休日出勤も厭《いと》わないほどに仕事熱心な者ばかり。なにも悪いことをしてないのに、濡《ぬ》れ衣《ぎぬ》で職を追われるなんてあんまりだ。

「いや、一社員のことなど、この際どうでもいい」

この契約がスムーズに運ばなければ、先々の営業に支障が出る。万が一、今の段階で白紙に戻されては、提携《ていけい》先の企業《きぎょう》に対する東条電機のメンツは丸つぶれ。損害はどれほどか……。

今野が、春希に言いきかせるように矢継ぎ早に説得する。

「会長にご恩がある身なのでしょう？　だったら、少しぐらいは役に立ってください」

　いいですね、と念を押された。

（……それで恩返しになるのか？）

　引き取って育ててもらえたことには、本当に感謝している。

　恩返しができるのならばしたいと、常々思ってもいた。

（……だから、笑ってお礼が言えるようになりたいと思ったのに……）

　ついさっきまでは、それができれば重俊も喜んでくれると思っていた。

（でも、それじゃあ駄目《だめ》なのか）

　それは、重俊が自分に対する好意を持ってくれていると思えばこその恩返し。

　それが勘違いだった今となっては、すべて無意味だ。

（重俊さまのために、今の俺にできること……）

　こうなってしまっては、今野の言うようにひとつしかないように思えてくる。

　それでも、どうしても頷く気になれず黙《だま》ったまま俯いていると、それを肯定《こうてい》の意と判断したらしい今野が、ティーラウンジへ福沢を呼びに行った。

「さあ、行こうか。部屋は取ってある」

　いそいそといった風に近寄ってきた福沢に肩を押されると、迷っているにもかかわらず勝手に足が動いた。

（……仕方ないか）

いつだって、そうだった。

愛人の息子《むすこ》だからと悪い噂《うわさ》を立てられ、歪《ゆが》んだ見方をされても、春希は一切《いっさい》反論せず、周囲の状況《じょうきょう》に流されるままに生きてきた。

なんとか変わりたいと思っていたが、その必要ももうない。

(馬鹿みたいだ)

重俊に好かれてると勘違いして、期待して……。

分不相応な願いを抱《いだ》いていた自分が、ひどく惨《みじ》めで、情けない。

でも、もういい。

恩返しをしろと言うのならば、今夜一晩だけ目を瞑《つぶ》って我慢《がまん》しよう。

そして、明日の朝になったら、すべて終わりだ。

いい歳《とし》の大人なのだから、ひとりで生きて行くべきなのだ。

荷物をまとめて、東条の屋敷《やしき》から出て行こう。

(もっと早く、そうすればよかった)

できなかったのは、どこかで期待していたせいだ。

母親を失い、ひとりになった自分に残された最後の血縁者達《けつえん》。たとえ彼らはその事実を知らなくとも、身体《からだ》に流れる同じ血が呼び合い、心が通い合うこともあるんじゃないかと……。

だから、ずるずると期待してしまったが、すべて徒労。

期待すべきものなど、最初からなにもなかったのだ。

（まとめる荷物さえないか……）

今の春希が持っているものは、すべて東条家から用立ててもらったものばかり。

服や身の回りの品はもちろんのこと、職場だって重役に用立ててもらったのだから、そこからの給料で買ったものだって、もう自分の物だとは思えない。

（いや。ひとつだけ）

平井に預けたままの、母親の形見のルビー。

自分の物だと胸を張って言えるのは、あれだけだ。

東条の屋敷を出たら、その足で平井のところに行って、ルビーを返してもらおう。

なんだか感情が麻痺《まひ》してしまったみたいで、世界が遠く感じる。

ぼんやりしたまま悲嘆《ひたん》に暮れていた春希は、肩《かた》を押す福沢の手が、服の上からぎゅうっと肌《はだ》にくい込む感触《かんしょく》に、はたと我に返った。

（……気持ち悪い）

肩をすくめて払《はら》おうとしたが、その手は離《はな》れず、肩から腕《うで》へと春希の身体を撫《な》でさするようにして下に下がっていき、引き寄せるようにして腰《こし》を抱く。

離すまいと執拗《しつよう》に身体にくい込む指の感触が気持ち悪くて、春希は思わず身震《みぶる》いした。

（平井さんの触《ふ》れ方とは大違いだ）

最初に頬《ほお》に触れられたときから、平井の手には嫌悪《けんお》感を感じなかった。

少しゴツゴツした熱い指先の感覚を思い出して、軽く胸が痛む。

(平井さんが知ったら、なんて言うだろう)

恩返しだから仕方ない……とは、たぶん言わない。

むしろ、そういう考え方は間違いだと、説教されそうな気がする。

(あのときも怒《おこ》ってたし……)

中学生の頃《ころ》の事情を説明したとき、それは違うだろうと春希のために怒ってくれた。

大人の勝手な事情で子供がわりをくうのは間違っていると……。

(でも、もう俺は子供じゃない)

確かに引き取られたときは子供といってもおかしくない年齢《ねんれい》だったが、今はもう大人。

その間、奇妙《きみよう》な噂があっても放置し続け、ただ流されるままに生きてきた結果がこれだ。

重俊のお稚児《ちご》さんだと勘違いしている男から身体を欲しがられ、仕事の役に立つようにうまく使えと言われて会社のために利用されている。

ひどく惨めだが、もう大人なんだから、自分が蒔《ま》いた種は自分で刈《か》り取るべきなんだろう。

(俺なんかに、そんな価値があるとは思えないけどな)

——そういう自分を卑下《ひげ》したような言い方はするなよ。

ふと、平井の声が脳裏《のうり》に甦《よみがえ》った。

俺なんかのどこがいいんだ？　と聞いたとき、平井が言った言葉。

そういう言い方は君に惚《ほ》れてる俺に対しても失礼だと、平井は怒っていた。

(……だったら、これもそうか)

こんな風に、仕方ないと簡単に自分を売ってしまったら、好きだと言ってくれている平井に対して失礼になるんだろうか？

平井が知ったら、俺に対して失礼だと言って、怒るだろうか？

怒られるだけなら、慣れているから全然平気だ。

首をすくめて怒りが収まるのを待てるが、万が一、顔も見たくないと嫌《きら》われたら……。

(それは……嫌《いや》だ)

閉じていた春希の世界を、その明るく優《やさ》しい視線でそうっとこじ開け、笑い方を思い出させてくれた人。

あの人に嫌われてしまったら、きっとまた自分は笑い方を忘れてしまう。

安心して笑える場所が、本当になくなってしまう。

失いたくない。

他《ほか》のなにと引き換《か》えにしても……。

(——この気持ちって……)

これが、きっとそうだ！

探していたものを、やっと見つけた。

そう確信した途端《とたん》、春希は胸が苦しくなるぐらいの幸福感に包まれた。

(平井さんに、会いに行かないと)

エレベーターホールに差し掛《か》かったところで、春希は押されるままノロノロと動かしていた足をぴたっと止めた。

と同時に、いきなり背後から腕をつかまれ、強く引っ張られる。

「――ッ！」

バランスを崩《くず》して後ろ向きに転びかけた春希の身体を、力強い腕が抱き留めた。

「……あ」

身体を支え、両腕をつかんでまっすぐ立たせてくれた人の顔を見て、春希はぽかんとする。

「……平井さん？　え？　なんで？」

今日の平井は、普段《ふだん》とイメージがまったく違《ちが》っていた。

日本人離れした長身に流行《はや》りの形のスーツを身に纏《まと》い、普段は和柄《わがら》の手ぬぐいの下に押し込められている髪《かみ》も洒落《しゃれ》た感じにセットしてあった。

だが、一番印象が違うのは、その顔だ。

春希を見つめるその顔は、ひどく機嫌《きげん》が悪そうに見える。

その表情に、春希は言葉を失った。

平井の後ろからひょいっと姿を現した北斗が、そんな春希の肩をポンと叩《たた》いてから、ずいっと前に出て福沢に対峙《たいじ》する。

「コーダの福沢さん。確か、あなたとは先日の茶会でお会いしましたよね？　俺の顔、わかります？」

「君は、確か北斗の……」

「はい。不肖《ふしょう》の次《じ》男坊《なんぼう》です。――今の一幕、微妙《びみょう》にセクハラ臭《しゅう》がしたのは、俺の気のせいでしょうかね？」

にやにやと笑いかける北斗に、福沢が不愉快《ふゆかい》そうに顔をしかめた。

「勘違《かんちが》いだよ。商談中に彼の気分が悪くなったから介抱《かいほう》してあげていただけだ」

「そうですかぁ？　まあ、いいけど……。気分が悪いっていうんなら、彼はこちらで引き取りますよ。春希ちゃんとは友達なんで」

「それには及《およ》ばん。まだ商談の最中だ」

「商談ねぇ……。う～ん、こっちも商談でここに来たんですけどね。いやもう、なんか、すっごい偶然《ぐうぜん》。運がいいんだか悪いんだか……」

「ちょっと君達、なにしてるんだ。困るよ」

少し離れたところでこちらの様子を窺《うかが》っていた今野が駆《か》け寄ってきて、北斗と対峙するように福沢の前に立つ。

「困ってるのはこっちも同じ……。――というわけで、お二方。少々私のほうの商談につき合っていただけませんか？」

「馬鹿《ばか》を言うな。なんで私達がそんなことをしなきゃならないんだ」

「あんたらが妙な真似《まね》をしてくれたせいで、こっちの商談にも支障が出そうなんですよ。俺の商談相手に、ちょっと一言謝ってもらわないと……」

「そんなの、知ったことか！」

「おやぁ？　そんなこと言っちゃっていいのかなぁ？　俺の商談相手、あなたがよ〜っく知ってる人なんだけど？——ね、福沢さん？」

北斗は、楽しくてたまらないといった感じでにやにやと笑いながら、今野の後ろに立つ福沢に話しかける。

「……それは、どういうことだね」

余裕綽々《よゆうしやくしやく》の北斗の態度に、さすがに福沢も不安そうな顔をした。

「一緒《いっしょ》に来てくれればわかりますよ。——で、おまえはどうする？」

北斗が、ちらっと平井を振《ふ》り返る。

「もちろん、今日の商談は延期だ。後は頼《たの》む」

平井は不機嫌そうな顔のままでそう言うと、春希の腕をつかんだまま、ホテルのエントランスに向かって歩き出す。

「OK。詳《くわ》しい事情がわかったら連絡《れんらく》する。——春希ちゃん、あんま、そいつ怒《おこ》らせないほうが身のためだからね」

「……え？」

なにがなんだかわからない。

春希は、腕をつかむ平井に引きずられるようにして歩かされながら、ホテルを後にした。

タクシーの車内には、平井の不機嫌さがみっしりと充満《じゅうまん》していた。

（空気が重い）

のしっと頭を押さえつけられているみたいで、口を開くのさえ億劫《おっくう》な雰囲気《ふんいき》だ。

なので春希は、とりあえず口を閉《と》ざしたまま大人しくしていた。

（ああ、でも、会社に連絡取ったほうがいいか）

口を開かなくても、メールならこっそり打てる。スーツのポケットから携帯《けいたい》を取り出し、平井に見られないよう、外を見るふりをして窓側に向けた身体《からだ》で手元を隠《かく》した。

三池のアドレスを探し、わけがわからないながらもミッションが失敗したこと、悪いのは全部自分で、他の社員には責任がないことを説明したメールを打って、送信ボタンを押す。

ほっとしたのもつかの間、春希の携帯に気づいた平井が、脇《わき》から手を伸《の》ばしてきて強引《ごういん》に没収《ぼっしゅう》して電源を切ってしまった。

「ちょっ……」

なにをすると抗議《こうぎ》しかけたが、じろっと睨《にら》まれ、首をすくめて断念する。

（なにを怒ってるんだ？）

あの場に居合わせたのは驚《おどろ》いたが、こっちの事情まではわかっていないはずだ。

とすると、他の男に腰《こし》を抱《だ》かれて歩いている姿を見て、頭に血を上《のぼ》らせたのか……。

（あの程度のことで、怒るものかな？）

わけがわからないまま、春希はじわじわと隣《となり》から迫《せま》ってくる不機嫌さに首をすくめ続けた。

タクシーはまっすぐ平井の自宅へ。

腕《うで》をつかまれたまま家の中に連れ込まれ、真っ先にバスルームに放り込まれた。

「あのおっさんの目に触《ふ》れたところ、全部綺麗《きれい》に洗ってから出てこい」

わかったか？　ときつい口調で言われて、春希はビクッとする。

（……えらそうに……）

平井から問答無用で頭ごなしに命令されるのは、なんだか気分が悪い。

「……感じ悪い」

思わずボソッと呟《つぶや》いた声が、運悪く平井の耳に届き、バスルームから出て行こうとしていたその足がぴたっと止まる。

（怒《おこ》られるっ）

平井が振り向いたのと同時に、春希は条件反射で首をすくめた。

が、予想に反して、振り向いた平井の顔には微《かす》かに笑《え》みが浮《う》かんでいた。

「誰《だれ》にでも、そうやって口答えできるようになればいいのにな」

くしゃっと軽く春希の頭を撫《な》でた平井は、今度こそバスルームから出て行った。

「……なんなんだ」

本当にわけがわからない。

わからないが、頭を撫でられたことに少し気分をよくした春希は、素直《すなお》に命令に従った。

頭の先からつま先まで丹念《たんねん》に洗ってから脱衣所《だつい》に戻《もど》ると、さっきまで着ていた服がなくなっていて、代わりに平井の物らしきラフな服が置いてある。

「平井さん、俺のスーツは？」

バスルームのドアから顔だけ出して聞くと、「おっさんの手垢《てあか》がついた服なんか捨てた」と平井の声がリビングのほうから聞こえてくる。

「捨てたって……人の物を勝手に……」

横暴だと思うが、まあいい。

どうせ、東条の家にいる間に買った物はすべて捨てていこうと思っていたのだから、今捨てられても結果的には同じことだ。

ダブダブ過ぎるラフな服は苦手だと思いながら、平井が用意してくれた服に袖《そで》を通したら、意外にサイズがぴったりでちょっと驚いた。

「平井さん、この服、俺の？」

バスルームから出て一番に聞くと、いつものラフな服装に戻った平井が無言で頷《うなず》いた。

(そうか、俺のか……)

ルビー以外にも自分の物だと言える物が増えて、少し嬉《うれ》しい。

「……とりあえず、こっち来て座れ」

ダイニングのほうのテーブルに呼ばれて、渋々《しぶしぶ》と木製の椅子《いす》を引いて座る。

「ほら、風呂《ふろ》上がりの一杯《いっぱい》」

目の前に、背の高いタンブラーに注がれたウイスキーソーダが置かれた。

自分のためにはコーヒーを淹《い》れた平井が、テーブルの角を挟《はさ》み、斜《なな》め隣に座る。

「……ソーダ割りより、ストレートのほうが」

「我が儘《まま》言うな。飲ませてやるだけありがたく思え」

（やっぱり偉《えら》そうだ）

一言口答えしたかったが、全身から怒ってますオーラを発散させている平井に気圧《けお》されて、口が動かない。

（これでもいいか）

春希は仕方なく、動かない口の潤滑剤《じゅんかつざい》の代わりにウイスキーソーダを唇《くちびる》に流し込んだ。

ごくん、と一口飲んだところで、「さて」と平井が不機嫌《ふきげん》そうに言う。

「さっきのは、どういうつもりだったんだ？」

「さっきの？」

「あのおっさんに大人しく抱かれてやるつもりだったのか？」

「なんで――」

知ってるんだ、と言いかけたが、春希は途中《とちゅう》で口を閉ざした。

（平井さんが知ってるはずがない）

きっとカマをかけようとしているのだ。

未遂《みすい》だったのだし知らぬ存ぜぬで惚《とぼ》けたほうがいい、と思っていたのだが……。

「全部知ってるぞ。あのおっさんはコーダの重役なんだろ？　で、契約《けいやく》のための接待にかこつけて、春希に手を出そうとしてた」

ホテルに部屋まで用意して……と不機嫌そうに呻《うな》る。

どうやら、全部ばれているらしい。

「なんで知ってるんだ」

気まずさより驚きが勝って、春希は身を乗り出す。

「凄《すご》いな。平井さんって、千里眼？」

「んなわけあるか。あそこに最初からいただけだ」

「あそこ？」

「ホテルのティーラウンジだよ」

北斗に紹介《しょうかい》された仕事の依頼《いらい》主と、あのホテルにあるレストランの個室で会う約束になっていたのだと言う。

「少し早めに来ちまったから、時間潰《つぶ》しにコーヒーを飲んでたら、北斗が隣の席に見覚えのある顔があるって言い出して……」

それが、コーダの福沢と今野だった。

漏《も》れ聞こえてくる彼らの会話の中に春希の名前が出てきたものだから、注意深く耳を傾《かたむ》けて事情を知ったのだと言う。

「ああ、それで……。凄い偶然《ぐうぜん》」

「まったくだ。……奴《やつ》らの会話を聞いてるうちに色々とわかってきたから、助けてやろうと思ってたってのに、誰かさんは抵抗《ていこう》もせずのこのこと大人しくついて行くし……」

ぶわっと平井の不機嫌オーラが襲《おそ》ってきて、春希は意味もなく椅子に座ったたままのけぞる。

「……ティーラウンジで姿を見かけなかったような気がするんだけど」

「すぐ側《そば》にいたぞ。誰かさんは、あのおっさんにしか目がいってなかったみたいで、北斗が手を振《ふ》ったのにも気づかなかったようだがな」

「確かに、そうだったかも……」

あそこに行ったときは、謝らなければという気持ちだけで一杯で、周囲の状況《じょうきょう》なんか見えていなかった。

「喜び勇んで来たってか」

「違《ちが》う。そういう意味じゃない」

春希は慌《あわ》てて、自分があそこに行った経緯《けいい》を説明した。

「じゃあ、謝罪するつもりで？」

「そう。……でも、けっきょく騙《だま》されてた」

「それがわかってて、なんでのこのこ大人しくついて行くんだ」

「それは……その……。それが、恩返しになるんならと思って……」

「恩返し？」

どういうことだ、とまたしても不機嫌オーラを全開にした平井に何度も迫られ、春希は口ごもりながらも事情を話した。

「つまり春希は、お祖父《じい》さんが、君を仕事の道具として使うためだけに、わざわざ東条本社に引き抜《ぬ》いたと思ったわけか？」

「今野さんもそう言ってたし……」

「その男が、嘘《うそ》をついているとは思わなかったのか？」

「嘘なんて……。俺なんかが本社に引き抜かれたこと自体変だったんだし、むしろ納得《なっとく》したぐらいで……」

ドン、と平井がいきなりテーブルを叩《たた》く。

春希はビクッと首をすくめた。

「『俺なんか』なんて、自分を卑下《ひげ》するようなことは言うな」

「そんなこと言ったって……」

本当のことなんだから仕方ない……と口答えできない雰囲気《ふんいき》だった。

平井の怒《いか》りが伝わってきて、肌《はだ》がビリビリする。

「いいか。よく聞けよ。春希が取った行動は、お祖父さんを侮辱《ぶじょく》したも同然だ。おまえを騙して社外に連れ出すような奴の言葉を鵜呑《うの》みにして、お祖父さんの品性までも貶《おとし》めてるんだ」

「…………え？」

意味がわからず春希が首を傾《かし》げると、平井は怒りを静めようとしてか、深く息を吐《は》いた。

「――ったく。だから、春希から見てお祖父さんはどういう人なんだ？」

「……頑固《がんこ》で、ガミガミ口うるさい人」

条件反射で、そんな言葉が口からボソッと飛び出た。

（あ、まずい）

このままじゃ重俊が誤解されてしまう。「でもっ！」と、春希は慌てて言葉を追加した。

「情は凄く深い人だ。頭ごなしに叱《しか》りつけるのだって、相手を思えばこそで。だから長年勤めている屋敷《やしき》の使用人達は、みんな重俊さまのことをとても慕《した》ってる」

懸命《けんめい》に重俊を庇《かば》う春希の顔をまっすぐ見て、平井は「ほらな」と言った。

「え？」

「そういう人が、中学の頃《ころ》から面倒《めんどう》を見て育てている人間を、いくら仕事のためとはいえ、枕《まくら》営業に使うと思うのか？」

「……使わない……か……も？」

むしろ、儂《わし》の顔に泥《どろ》を塗《ぬ》る気かとカンカンに怒《おこ》りそうだ。

「まったく、自分の頭で少し考えればわかるだろう。……他人の言葉に無条件に従いすぎるのは、春希の最悪の欠点だ。素直《すなお》と言うには少々度が過ぎている。——むしろ、それは卑屈《ひくつ》だ」

（——卑屈って）

のしっと、言葉に重みを感じて、春希は俯《うつむ》いてしまう。

重みを感じるのは、たぶんそれが事実だからだ。

（平井さんの言葉は、今まですべて正しかった）

しかも、それが正しいと腑《ふ》に落ちるのは、言われて少し経《た》ってから……。

その場では首を傾げても、その後、自分の中に留《とど》まった平井の言葉がゆっくり心と頭に染《し》みてきて、その言葉が正しいことを実感した。

平井の明るい視点からの言葉は、いつも春希自身にはどうすることもできなかった心の問題に向き合うための、きっかけになってくれる。

「もっと、自分を大事にすべきだ。他人に足蹴《あしげ》にされて生きることが当然の人間なんかいないんだから……。——っと、電話か」

キッチンのカウンターの上で、平井の携帯《けいたい》が鳴った。

「はい。……で、どうだった？」

立ち上がり、携帯を耳に当てた平井が、ああ、うん、なるほど……と相手の言葉に相づちを打っている。どうやら電話の相手は北斗らしい。

やがて、通話を終えて戻《もど》ってきた平井は、「裏が取れた」と春希に言った。

「北斗の奴、トラブル好きだからイキイキしてやがる。——三池ってわかるか？」

「わかる。実務上、秘書室のトップの社員だ」

「その人が、東条会長には春希をそういうことに使うつもりなどまったくないと、はっきり断言してくれたそうだ」

「三池さんが？」

仕事で他部署に出向中なのでは？　と春希は首を傾げた。

「春希が会社を出た後、秘書室の連中が三池にSOSを出したんだと」

室長をひとりで行かせるのは不安だから戻ってこられないかと……。

それに応じた三池がホテルに向かっている最中に春希からメールが入り、どういうことだと今野に連絡《れんらく》を取ったことで、北斗と合流する結果になった。

『確かに会長から、「あれは役に立つはずだ。うまく使ってやってくれ」とは言われましたが、あれは単に身内贔屓《びいき》から出た言葉でしょう。室長をよく引き立てて大切にしてやってくれと特別に頼《たの》まれたんです。私はそう感じましたよ』

三池は、はっきりとそう断言してくれたらしい。

その結果、福沢と今野は東条会長の不興《ふきょう》を買う愚《おろ》かな真似《まね》をしたと、北斗の商談相手にこってり絞《しぼ》られている最中なんだとか……。

(身内贔屓か……。三池さんは、今野さんとは違う風に受け取ったのか)

三池の見解に、春希の肩《かた》の力が抜けた。

——重俊さまは、俺を心配してくださってる。

誰《だれ》かにそう言われたからじゃなく、この春の人事異動がきっかけになって、春希自身の心がそんな風に認識《にんしき》した。

自分の心が感じたことに、もっと自信をもつべきだったのかもしれない。

「北斗さんの商談相手って、平井さんのお客さん？」

「そうだ。コーダの社長の嫁《よめ》の父親で、コーダに多額の融資《ゆうし》をしている銀行の頭取をやっている人物だ」

「……それって、彼らにとっては最悪の事態」

他人事ながら、恐《おそ》ろしい偶然にゾッとして冷や汗《あせ》が出る。

「別に被害《ひがい》はなかったんだし、戻って止めたほうが……」

大事になりすぎて不安になった春希がそう言うと、平井はまたしても不機嫌《ふきげん》になった。

「被害はあった。おまえはあのふたりに侮辱されたんだぞ」

「それはそうだけど……。それでも、お稚児《ちご》さんだなんて嫌《いや》な噂《うわさ》があるのを知ってたのにずっと放置してた俺も悪かったし……。それに、俺のこの顔が、そんな風に誤解させる原因になったんだろうし……」

自分の曖昧《あいまい》な態度やこの容姿が、彼らの認識を歪《ゆが》める要因になったのは間違いない。

そう思うと、なんだか少し申しわけないような気分にもなる。

が、平井は不機嫌度をぐっと上げた。

「確かに春希にも問題はあったかもしれない。でもな、それとこれとは別だ。――おまえのお祖父さんの言葉を聞いた三池と今野が、まったく違う意味で受け止めたのと同じことで、見たもの聞いたことをどう判断して、どう動くかは、そいつ自身の問題だ」

お稚児さんだという噂があるから、エサとして使えるだけの綺麗《きれい》な顔をしているからと、今野は本人になんの確認もしないまま、春希を相手側の企業《きぎょう》に差し出す段取りをつけた。

「品性が下劣《げれつ》すぎる。そんな奴《やつ》のために、春希が気を遣《つか》ってやることはない」

きっぱりそう言われても、春希はまだ気にしていた。

「それでも、やっぱり俺が……」

ダンッとまた平井がテーブルを叩いて、ぐずぐず言う春希を遮《さえぎ》った。

「じゃあ聞くがな。春希とそっくりだったっていうお母さんは、そういう顔をしていたから、愛人のままで不遇《ふぐう》の死を遂《と》げてもしょうがなかったと思うのか？」

「え？」

「男の気を引くような容姿に生まれついた女だったから、普通《ふつう》の家庭を築いて幸せになれなくても仕方なかったと思ってるのかって聞いてるんだ」

「違《ちが》うっ！」

春希は、思わず拳《こぶし》を握《にぎ》りしめて身を乗り出した。

「母さんはずっと苦しんでた。仕方ないって本当に諦《あきら》めてたのなら、あんなに切なそうには微笑《ほほえ》まなかったはずだ」

わたし、幸福なの、と自分に言いきかせるように呟《つぶや》いて微笑む、その顔。

微笑むその唇《くちびる》には、奇妙《きみよう》な違和感《いわかん》が常に漂《ただよ》っていた。

きっと、仕方ないと思っても諦めきれずに、彼女も苦しんでいたのだ。

「そう思うんなら、もう少し自分のためにも怒ってやれ。それと同じことなんだぞ」

「……そう……なのかな」

「そうだ。もう少し自分を守ることを考えろ。さっきも言ったが、それが春希のネックなんだ。

──誰に対しても低姿勢だし、最初から自分を卑下して、すぐに他人の意思に従うし……」

のしっと、またまた言葉が重い。

確かにその通りで、春希は誰に対しても一段下の立場で接していた。

自分みたいな立場の者が、他《ほか》の人に対して強気で接することなどできないと……。

(それが卑屈ってことなのか……)

なんの理由も根拠《こんきょ》もなく、最初から自分を相手より下の立場に置いて、俯いて……。

「春希の生《お》い立ちからして、それが処世術だったんだろうってのはわかる。わかるが、それに慣れてしまったら駄目《だめ》だ。感謝して従うのと、ただ黙《だま》って言いなりになるのでは、まったく違うからな」

「……うん」

「だいたい、相手にも失礼だ。──ただ素直なだけなら可愛《かわい》いが、卑屈すぎると見ていて苛々《いらいら》してくる」

平井の言葉に、春希はぱっと顔を上げた。

「それ、平井さん自身の感想？」

「ああ、そうだ」。

「……今回のことで、俺を嫌《きら》いになった？」

「んなわけあるか。純粋《じゅんすい》に腹を立ててるだけだ。──俺が手も出さずに我慢《がまん》してるってのに、ほいほいと安売りしようとして、あんなおっさんについて行くし……」

ブツブツと文句を言う平井に、「違うっ!!」と、春希は身を乗り出していった。

「なにが違うって言うんだ」

「ついて行ってない！　俺、平井さんに腕《うで》をつかまれたとき、立ち止まったとこだった」

「そういや、そうだったか。……それは、断るつもりで？」

怪訝《けげん》そうに聞かれて、春希は深く頷《うなず》く。

「あのままついて行ったら、きっと平井さんに嫌われると思った。重俊さまに迷惑《めいわく》がかかることも考えたけど……」

それでも、春希は立ち止まった。

あれは、周囲に流されるままだった自分が、はじめて自分の意志だけを優先して立ち止まった結果。

自分自身の心が、明確な確信をもって動いた瞬間《しゅんかん》だった。

「それをすると、俺が春希を嫌うと思ったのか……」

「そうだろう？」

「どうかな。怒《おこ》りはしただろうが……。嫌うよりは、むしろ……呑気《のんき》に構えていた自分が情けなくて死にたくなったかもな」

「死ぬのは駄目だ」

春希が慌《あわ》てて止めると、「ただの比喩《ひゆ》だ。本気に取るな」と平井は苦笑《くしょう》した。

「まあ、それぐらい春希を大事に思ってるってことだ」

「それは俺が好きだってことだよな？」

「ああ、そうだ」

「よかった。間に合って……」

「なにが？」

「俺も平井さんが好きだ！」

拳を握りしめ、身を乗り出して思い切って告白する。

だが、平井はそれをあっさり流してしまう。

「そりゃ、どうも」

（え……なんで？）

てっきり喜んでもらえると思っていた春希は、一瞬きょとんとする。

「……あの……本気なんだけど……。──わかってる？」

呆然《ぼうぜん》としつつも春希が問うと、平井は「はいはい。わかってるって……」と苦笑しながら春希の頭を軽く撫《な》でた。

「そうやって素直《すなお》に懐《なつ》いてくれるのは嬉《うれ》しいけどなぁ。それをやられると、こっちは余計に手が出せなくなって困るんだよ」

信頼《しんらい》を逆手に取るわけにはいかないしなぁと、しみじみと語る。

（平井さん、全然真面目《まじめ》に聞いてない）

一世一代の告白をあっさり流されては、さすがに不愉快《ふゆかい》だ。

「……感じ悪い」

ボソッと思わず呟くと、コーヒーに口をつけようとしていた平井が、ぴたっとフリーズした。

「……春希、怒ってるのか？」

「別に」

帰る、と立ち上がり、部屋の隅《すみ》に置いてあったビジネスバッグを手に玄関《げんかん》に向かうと、平井が慌てて追いかけてきた。

「ちょ、ちょっと待て……。わかった。ちゃんとわかったから」

通せんぼするように前に立ち塞《ふさ》がれて、春希は軽く眉《まゆ》をひそめた。

「俺もわかった。俺は、ただ平井さんに懐いているだけだ」

よ～くわかった、もう聞きたくない、と平井を押しのけて帰ろうとしたのだが、気がついたら平井の腕の中に抱《だ》きすくめられていた。

「そう拗《す》ねるな。信じなくて悪かった」

「……拗ねる？」

言われてはじめて、春希はそんな自分の心の動きに気づいて驚《おどろ》いた。

（こんなの、久しぶりだ）

自分の出生のことを知って以来、拗ねたり甘えたりすることから遠ざかってしまっていた。

拗ねたり甘えたりできるのは、この程度のことでは平井に嫌われないと春希自身がしっかりと信じてしまっているからで……。

（平井さんは、やっぱり凄《すご》い）

平井はいつも、春希の本当の気持ちをまず優先しようとしてくれる。

春希が自分の気持ちをつかみきれずに迷っていたときに、強引《ごういん》に押して来なかったのもそのせいだ。

他人の気持ちを優先して自分をおろそかにする春希の欠点を見抜《みぬ》き、春希が変わるのを待っていてくれた。

自分でも知らぬ間に、春希の中に育っていた平井へのこの信頼感。

これは、平井が自分を抑《おさ》え、春希を見守ってくれていたからこそ春希の中に芽生えた感情だ。

この人は心から自分を大切にしてくれている、信頼して大丈夫《だいじょうぶ》だと……。

強引に迫《せま》られて恋《こい》をしているのだと思い込まされていたら、きっと育つのは隷属《れいぞく》の意識だけで、こんな信頼感は育たなかっただろう。

「拗ねているときの春希は、卑下《ひげ》も遠慮《えんりょ》もしてないからな。だから、さっきのは本心からの言葉だ」

そうだろう？　と聞かれて、春希は深く頷く。

「俺を平井さんの恋人にして！」

「もちろん、喜んで」

平井の唇に浮《う》かんだ素敵《すてき》なカーブに、春希は心から安堵《あんど》した。

「じゃあ、続きをしよう」

「なんのだ？」

「この前のエッチの続き」

はっきりそう言うと、平井が「いいのか？」と戸惑《とまど》い気味に聞き返してきた。

「是非《ぜひ》!!」

キスの甘さや、肌《はだ》に触《ふ》れる平井の手の心地《ここち》よさにすっかり味をしめていた春希は、勢い込んで拳《こぶし》を握《にぎ》りしめ、深く頷く。

その途端《とたん》、平井は口元を手で押さえて、ぶふっと吹《ふ》き出した。

「……平井さん？」

「み、見た目は玲瓏《れいろう》たる美形なのに、その性格……」

堪《こら》えきれなくなったのか、平井は春希から視線をそらし、横を向いてクックッと本当に楽しそうに笑った。

「中味は天然で、てんで子供っぽいんだもんなぁ」

（こ、子供っぽい？）

のしっと、頭に重みがかかる。

「子供っぽいなんて、誰《だれ》にも言われたことないけど？」

「そりゃそうだろう。まわりに遠慮して控《ひか》えめにふるまってれば、それなりに大人っぽく見えるだろうしさ」

猫被《ねこかぶ》ってるのと一緒《いっしょ》だと言われて、そうかも……と春希も腑《ふ》に落ちた。

べてくる。
「いや、意外性があって楽しいよ」
和《なご》みキャラでも目指せば？　とからかうような口調で言いながら、平井が自然に手を差し伸《の》
春希は嬉々《きき》としてその手を握り返した。

「……まずいかな？」

手を繋《つな》いだまま二階へ。

「この間泊《と》まったときは、この部屋から毛布を借りた」

二階に上がってすぐのドアを指さすと、そこは客用の寝室《しんしつ》だと言われた。

「俺の寝室は向こうだ」

指さしたのは廊下《ろうか》の突《つ》き当たりにあるドアで、ちょうど仕事場の真上に位置している場所で、広さも同じだと言う。

ドアを開けて中に入ると、確かに寝室にしては広すぎる空間が広がっている。

部屋の真ん中に大きなベッドがどんと鎮座《ちんざ》して、奥の掃《は》き出し窓《まど》の手前にはシンプルなテーブルセット、そして部屋に入ってすぐの右手側の角には作業用のスペースがあった。

「……ん？　この作業机って、店にあった奴《やつ》？」

見覚えのある机に歩み寄った春希の問いに、そうだと平井が頷く。

「元々、ここにあったのを一時的に店に移動してただけだからな」

「下に立派な仕事場があるのに、わざわざ寝室にまで置く必要なんかあるのか？」

観葉植物や手作りっぽい間接照明など、雰囲気《ふんいき》のいい空間を演出しているのに、乱雑な作業机だけが部屋の雰囲気から奇妙《きみよう》に浮き上がってしまっていて、少しもったいない感じがする。

「ああ、寝《ね》る前に使うんだよ。――ほら、本好きの奴が寝る前に本読んだりするだろ？　それと一緒」

「平井さんは、ほんとに仕事好きだな」

「仕事というか……。まあ、こっちの作業机で作ってるのは、趣味《しゆみ》のものばかりだけどな」

（ああ、そうか）

平井は純粋《じゆんすい》に、細々とした綺麗《きれい》なものを自分の手で作りあげることが好きなのだ。

だから、仕事と言ってひとくくりにしてしまうには語弊《ごへい》がある部分もあるんだろう。

ひとりで納得《なつとく》していると、「春希は？」と聞かれた。

「なに？」

「寝る前になにをしてる？」

「もちろん、ウイスキーを飲んでる」

残念ながら、ソーダ割りだが……。

「それだけ？　テレビとか、本は？」

「どっちもあんまり……。いつもは窓を開けて、庭を眺《なが》めてる」

東条の屋敷《やしき》の庭は、専属の庭師達が常に手入れをしているから四季折々いつでも楽しめる。

「たまに散歩中の重俊さまが横切ったりするから、おやすみなさいませって挨拶《あいさつ》して……」

「あ、挨拶って……」

ぶふっと平井がまた吹き出した。

「それ、散歩してるんじゃなくて、春希の様子を窺《うかが》いにきてるだけだろう」

春希が寝る時間帯は真夜中近い。そんな深夜に老人が散歩するのは変だ。

鈍《どん》くさいなぁ、と平井が楽しそうに笑う。

「それに、あの……えーっと、身の回りの世話をしてくれてる使用人の……」

「滝さん？」

「そう。その人のことも気になってた。——滝さんって、休みはどれぐらいあるんだ？」

「え、休み……って……。あれ？　滝さん、いつ休んでるんだ？」

東条の家に引き取られてからこっち、彼女が体調を崩《くず》したとき以外は、ずっとひとりで春希の面倒《めんどう》を見てくれていた。

敷地内にある使用人用の別館で暮らしているとはいえ、それはけっこうな負担だったんじゃないだろうか？

改めて気づいた事実に春希が困惑《こんわく》していると、平井の手が軽く頭を撫《な》でていった。

「たぶん、仕事してる意識はないんだと思うよ。身内の面倒を見ているつもりでいるから、毎日通うのが当然だとでも思ってるんじゃないのかな」

今まで思ってもみなかったことを指摘《してき》された春希は、驚《おどろ》いて大きく瞬《まばた》きした。

「そう……なのか」

そうだったら、なんだか凄く嬉《うれ》しい。

「鈍くさいのも可愛《かわい》いけどな、春希はもう少し周囲の状況《じょうきょう》に目を配ったほうがいい。そうしたら、今よりずっと幸せになれる」

平井が優《やさ》しい目で見つめてくる。

「わかった。頑張《がんば》ってみる」

深く頷《うなず》くと、屈《かが》み込んでちゅっと軽いキスをしてくれた。

そのまま、また手を繋いでベッドへ。

「――ほら春希、ばんざい」

「え？」

ベッドの上に座った春希は、戸惑いつつも平井に言われた通りにした。

すると、スポッと服を脱《ぬ》がされて上半身裸《はだか》に。

「じゃ、平井さんも」

お返しだと、目の前に座った平井に対して春希も同じようにしたが、服を脱がせても平井の首や腕《うで》にはシルバーのアクセサリーがジャラジャラとついたままで完全に裸にはならない。

「それも俺が外す」

指輪ふたつにバングル、チョーカーにネックレスを順に外し、サイドテーブルへ。

全部外して満足した春希は、自分から平井の頰《ほお》に触れて軽く口づける。

「……ん……。この前、平井さんがしてくれたこと、今日は俺がするから」

「おっ、随分《ずいぶん》と積極的だな」

「うん。平井さん、美味《おい》しそうに舐《な》めてたし……」

だから俺もやる、と平井のジーンズに手をかけたら、慌《あわ》てて止められた。

「ちょ、ちょっと待ってくれ」

「どうして？」

「いや……いまいち不安だ。──確かにうまいけどな、春希の言うところの、その美味《うま》いとは、なにか違《ちが》うような気がする」

「……いくらなんでも、俺だって、そんな変な勘違《かんちが》いはしない」

それが、味覚で感じる美味しさとは違うものだってことぐらいわかってる。

「そうか？」

春希は天然だからな、と平井はやっぱり不安そうだ。

「まあ、いいか。とにかく、今日は大人しくしてろ」

「大人しく？」

「そう。ずっとこの肌に触《さわ》りたかった。お預け状態で待っていたぶん、じっくり堪能《たんのう》させてくれよ」

そう言って、平井は春希の頰に両手で触れた。

「最初に会ったときとは、別人のように柔《やわ》らかくなったよな」

「指で押し上げなくても、勝手に上がるし……」

「ほんとに。……耳たぶ薄《うす》いな。ピアスが似合いそうだ」

くりっと耳たぶをつままれて、ピクッと身体《からだ》が勝手に動く。

「……っ……。身体に穴を開けるのは、ちょっと」

「怖《こわ》い？」

少し、と頷くと、残念、と平井の指が耳たぶから離《はな》れていく。

その両手が、春希の首筋をゆっくり滑《すべ》り降り、鎖骨《さこつ》のラインを確かめるように探《さぐ》る。

「プラチナで作った細めのチェーンネックレスがいいかな」

「俺？」

「そう。絶対似合う。シャツの胸元《むなもと》を開けたとき、少しだけ見えるぐらいのラインで……」

それで……と、平井の指が両肩《りょうかた》へと移動して、手の平で感触《かんしょく》を確かめるように腕を滑り落ちていき、手首でいったん止まる。

「ブレスレットは手首にぴったりフィットする、薄手のタイプがいい。光沢《こうたく》を抑《おさ》えめにして上品に……」

平井は春希の左手をつかみ上げ、その手の平に口づける。

「指輪は……。そうだな、やっぱり細め。太くするなら、宝石を使わずに透《す》かし彫《ぼ》りにして厚みを抑える」

「ん……」

舌先で、つつーっと手の平から薬指までのラインを舐め上げられ、春希はくすぐったさに軽く息を飲む。

「もし作ったら、身につけてくれるか？」

アクセサリーは苦手だが、平井の想《おも》いがこもった品を身につけることに抵抗《ていこう》はない。

むしろ、凄《すご》く嬉しい。

「もちろん。喜んで」

自然な微笑《ほほえ》みを浮《う》かべる唇《くちびる》に、平井がゆっくりと唇を押し当ててきた。


「……ん……あ……」

春希の身体の隅々《すみずみ》までを確かめるように、指と唇とで平井が丹念《たんねん》に触《ふ》れてくる。

甘いだけの愛撫《あいぶ》に晒《さら》され続けて、春希はふんわりと身体が浮いてしまいそうな陶酔感《とうすいかん》に、目を閉じ、ただうっとりと浸《ひた》っていた。

「春希は、どこもかしこも綺麗だな」

甘く囁《ささや》く声に頭の芯《しん》が痺《しび》れて、身体のラインをなぞる指と唇の動きに肌《はだ》が甘く震《ふる》える。

「なんだかもったいなくて、キスマークもつけられない」

太股《ふともも》の内側に軽く音を立ててキスをする平井に、春希は首を横に振《ふ》る。

「ん？」

「……気にしなくていいから、平井さんの、好きにして……」

目を開けて囁くと、平井が嬉しそうに微笑む。

「好きにしてるさ。やっと手に入れた極上《ごくじょう》の素材を、こうやってじっくり確かめてる」

「っ……ふっ……」

そろりと太股を舐め上げられて、身体がゾクッと揺《ゆ》れる。

「俺の印で飾《かざ》るのは、また今度の楽しみにとっとくよ」

平井は、俺は気が長いんだと囁きながら、透明《とうめい》な雫《しずく》を零《こぼ》している春希自身に唇を寄せていく。

「あ…あ……いい……」

零れた雫をゆっくりと根本から舐め上げられ、くびれをなぞられる。

「なんか……駄目《だめ》。もう、いきそ……」

身体中に施《ほどこ》された愛撫で蕩《とろ》けきった身体は、ちょっとの刺激《しげき》にも敏感《びんかん》に反応する。

「ほんとだ。……ビクビクしてて可愛いな。……でも、もう少し我慢《がまん》な」

平井が、ちゅっと先端《せんたん》にキスする。

「足を立てて開いて……もっと……。そう」

言われた通りにすると、愛《いと》おしそうに春希のそれを擦《こす》り上げていた平井の指が、さらに下へと移動する。

「え？……あっ、まって……そんな……」

その入り口を指で探るようになぞられて、春希は恥《は》ずかしくなる。

「……いい顔、もっと見せて」

「あっ……あ……」

くっと、濡《ぬ》れた指が内側に入ってくる。

自分でも触れたことのない場所に平井が触れているのだと思うと、妙《みょう》に鼓動《こどう》が速くなった。

「あ……あ……平井さん、それ……へん……」

ゆっくりと内壁《ないへき》を探りながら指が動く度《たび》、ぞくぞくっと背筋に寒気にも似た感覚が走る。

その感覚が走り抜《ぬ》ける度、身体の熱が上がっていくようで、やけに息苦しい。

「ん？　ああ、ここが感じるみたいだな。こっちもほら……また零れてきてる」

「……あ……やだぁ……」

舌でそうっと舐め取られ、ギリギリまで追いあげられていた春希は、その歯痒《はがゆ》い感触に身悶《みもだ》えた。

「もお、いきたい。ああ……そこ、吸って」

お願い、と手を伸《の》ばし、平井の髪《かみ》に指を絡《から》めた。

「しょうがないな」

平井は苦笑《くしょう》しながら、すっぽりとその熱い口腔《こうこう》内に春希をくわえ、唇で強く刺激を与《あた》える。

と、同時に内側に潜《もぐ》り込ませた指を増やして、春希が反応する部分を強く擦り上げた。

「あっ……あ……んん――っ！」

身体の芯からこみ上げてくる快感の波に、春希は一気に攫《さら》われた。

熱を放った身体が、甘く痙攣《けいれん》する。

（……きもちいい）

朦朧《もうろう》とする意識の中、春希はとろんと甘い痺れに酔《よ》いしれた。

「……春希？……大丈夫《だいじょうぶ》か……」

呼ばれて、目を開けると、愛おしそうに見つめてくる平井の顔。

「ん。……次、俺もする。平井さんも、気持ちよくなって」

身体を起こそうとすると、ぐっと片腕《かたうで》で平井に胸を押し戻《もど》された。

「俺は、こっちがいいな」

潜り込んだままの平井の指が、ゆるゆると内部で動く。

「やぁ……あ……」

そこから、じわっと痺れるような甘さが広がっていって、春希はたまらずのけぞる。

「俺を、ここに入れてくれるか？」

手を取られ、平井の昂《たか》ぶりに触れさせられた。

（……あつい……）

脈打ち、熱く昂ぶるそれは、春希自身のものよりずっと大きい。

「あ……入る……かな」

本能的な恐怖《きょうふ》を感じて、春希は軽くずり上がる。

「怖がらなくても大丈夫。絶対に傷つけたりしないし、痛い思いもさせない。俺を信用してくれないか？」

頬《ほお》を撫《な》でられ、そう言われた途端《とたん》、すうっと恐怖が消えた。

「……信用……してる」

この人は自分を絶対に傷つけない。

身体にも、心にも……。

深い信頼感《しんらいかん》に、戸惑《とまど》いも薄れていった。


内側に指が潜り込んだままの状態で、また身体中に甘いだけの愛撫を施される。

とろとろと体も心も蕩けて、ぼうっとしたまま春希は愛される幸福感に酔いしれた。

いつの間にか増えていた指がやがて引き抜かれ、その代わりに、待ちかねて熱く張り詰《つ》めたそれが入り口に押し当てられる。

「……あ……ふっ」

「そう、そのまま身体の力を抜いていて……。いい子だ」

ぐぐっと、ゆっくり押し入ってくる熱い塊《かたまり》。

「うっ……っ……」

春希は、身体の脇《わき》にある平井の腕《うで》をつかんで、喉《のど》を反り返らせる。

「春希？　痛いか？」

心配そうな声に目を開け、首を横に振る。

「大丈夫。……おおきいから、ちょっと、苦しいけど……」

散々ほぐされ、愛撫されまくったせいで、甘く痺れた身体《からだ》には痛みはまったくない。

それでもやっぱり、埋《う》め込まれるものの大きさからくる圧迫感《あっぱくかん》だけはどうしようもなかった。

「もう少し、我慢してくれな？」

気遣《きづか》うような声が嬉《うれ》しくて、春希は微笑んで頷《うなず》く。

じっくりと時間をかけ、少しずつ馴染《なじ》ませながら、ひとつになっていく。

根本まで押し込むと、平井は動きを止め、春希の頬や唇に何度もキスを落とした。

「きついな。……春希の中、凄くいい」

「……ふあ……ん……」

探《さぐ》るように、軽く揺さぶられて、自然に声が漏《も》れる。

「や……。……平井さん、なんか……」

「ん？　痛いか？」

「ちがっ……」

逆だ。

身体の奥に埋め込まれたものの熱さが、なんとも心地《ここち》いい。

ゆうるりと揺すられる度、そこから今まで感じたことのない甘さがじんわりと染《し》みてくる。

「気持ちいい？」

聞かれて、浅く何度も頷く。

「どこがいい？……ここ？」

くっと平井が腰《こし》を揺らす。

じわっと、そこから甘い波が身体中に広がって、春希はぶるっと震《ふる》えた。

「あ……んん。……もっと……」

腕をつかみ、懇願《こんがん》する。

平井は、春希が望むようにゆうるりと優《やさ》しく動いていたが、やがて堪《こら》えきれなくなったように強く動き出した。

「あっああ……。……ひっ……いやぁ……っ」

強く揺さぶり上げられ、春希は思わず眉《まゆ》をひそめ、嫌々《いやいや》と首を振《ふ》った。

「春希？」

平井が、ピタリと動きを止める。

「辛《つら》かったか？」

「あ……へいき……だけど……」

激しく動かれると少しだけ痛むが、辛いってほどじゃない。

「だけど、なに？」

「……少し、怖《こわ》かった」

優しかった甘い波が、急に激しいものになって、意識がどこかに飛んでしまうようで……。

「あ、でも……、いいから。そのまま、続けて」

同じ造りの身体を持つ身だから、平井の望みもわかる。

そんな風に、強く求められるのも嬉しいし……。

春希がそう言うと、平井は困った風に微笑《ほほえ》んだ。

「怖がってるのに、できるわけないって」

「でも、平井さんだって辛いだろ？」

「大丈夫だ。また今度楽しませてもらうよ。——俺は気が長いんだ」

ほら、おいで、と平井の腕に支えられ、繋《つな》がったまま身体を抱《だ》き起こされる。

「……ん……ああ……。……ふか……くなった」

起こされた拍子《ひょうし》に、ずぐっと奥まで潜り込んだ熱にのけぞると平井が首筋にキスをくれる。

そのまま、ベッドのスプリングの揺《ゆ》れを利用して軽く揺すられた。

「あ……これ、いい……」

「みたいだな。……いい顔だ。たまらないな」

「ん。……でも、ほんと……いいの？」

「もちろん。——春希の気持ちよさそうな顔を見られるだけで、俺は充分《じゅうぶん》満足だ」

やっと手に入れたんだからな、と瞳《ひとみ》を覗《のぞ》き込まれ、すっかり嬉しくなった春希は、平井の胸に手を添《そ》えて自分からキスをした。

チュッチュッと、何度も軽くキスをして、大好きな平井の唇《くちびる》のカーブを舌でゆっくりなぞる。

「ふふっ」

「おい、くすぐったいって……」

苦笑《くしょう》した平井がお返しとばかりに、春希の舌を自分の唇の中に引き入れ、軽く甘嚙《あまが》みする。

「……ん……」

春希は、徐々《じょじょ》に深くなっていくくちづけに夢中になった。

平井の髪《かみ》に指を差し入れ、夢中になって甘い感覚を貪《むさぼ》る。

と、同時に揺れるベッドの動きで、内側に埋め込まれた熱い塊がうごめき、身体の芯《しん》をじんわりと溶《と》かして……。

(も……とろけそう)

甘いだけの幸福な時間に、ただ酔いしれる。

「ふぅ……。あ、……ひらいさん、これ、もっと……」

平井の鼻に頬をすり寄せ、春希は甘えた。

「わかってる。いくらでもねだっていい。俺がいくらでも甘やかしてやるから……」

――ゆっくり楽しもうな。

唇越しに優しく囁《ささや》かれ、目を開けると、愛《いと》おしそうに見つめてくれる明るい瞳と出会う。

「……も、だいすき」

無意識のうちにこみ上げてきた言葉が、するっと口から零《こぼ》れた。

同時に、なんだか急に熱いものがこみ上げてきて、視界が滲《にじ》む。

春希は、甘く痺《しび》れる腕でぎゅうっと平井に抱きついた。

子供の頃《ころ》にいつの間にかなくしてしまったものが、いつの間にか戻《もど》ってきて胸の中いっぱいに満ちている。

満たされた心が、幸せだと甘く震えて、揺れている。

(平井さんが、手助けしてくれたから……)

側《そば》にいて、失ったものを取り戻す手助けをしてくれた。

誰《だれ》よりも、なによりも大切な人。

「平井さん、……ん……ずっと……俺の側にいてくれる?」

「もちろん。安心して、もっと甘えろよ」

素敵《すてき》なカーブを描《えが》く平井の唇が、愛してる、と春希の唇に熱い息を吹《ふ》き込む。

「……ん……俺も……」

春希も想《おも》いの丈《たけ》を込めて、熱い息を返した。

(……しあわせだ)

身体の芯まで甘く蕩《とろ》けて、吐《は》く息までとろりと熱い。

時間を忘れ、春希はただひたすらに、甘いだけの恋人《こいびと》の抱擁《ほうよう》に酔《よ》いしれた。

甘い気怠《けだる》さの中、目覚めると既《すで》に深夜近くになっていた。

今日はもう泊《と》まれと平井に言われて、春希は素直《すなお》に頷く。

「でも、電話しないと……」

きっと重俊さまが心配してる、と、ベッドの上に正座して、東条の家に携帯《けいたい》から電話をかけた。

そんな春希の肩《かた》に、平井が自分のパジャマを着せかける。

「夜分遅《おそ》くすみません。春希ですが……」

『なんだ、あんたか』

電話に出たのは、なんと繁樹だった。

使用人が出るとばかり思っていた春希は、びっくりして一瞬《いっしゅん》言葉に詰《つ》まった。

おそるおそる、「重俊さまは？」と聞くと、出掛《でか》けていると言われた。

『で、あんたはこんな夜遅くまでなにしてんだ？』

「知人の家にいます。このままこちらに泊まるので、重俊さまにお伝え願えませんか？」

そう春希が頼《たの》むと、電話の向こうで繁樹がチッと舌打ちするような音がした。

『……愛人の癖《くせ》に、堂々と外泊《がいはく》か？　いい身分だな』

吐き捨てるように言ったその言葉に、春希は今度こそ言葉に詰まった。

（……まさか、繁樹さまにまで誤解されてるなんて）

同じ敷地《しきち》内で暮らしているのだから、あの噂《うわさ》が真実じゃないことぐらい気づいてくれているだろうと思っていた。

だが、違《ちが》ったのだ。

(顔を合わせることなんか、お互《たが》い、ほとんどなかったから)

たまに姿を見かける程度、お互いになにをやっているのかなんて、まったく知らない。

『なんとか言えよ』

電話の向こうから、苛々《いらいら》したような声が聞こえてくる。

「……違います」

春希は、ゴクンとつばを飲み込み、思い切って言った。

『なにが？』

「俺は重俊さまの愛人じゃありません」

『今さら体裁繕《ていさいつくろ》わなくてもいいんじゃねぇの？　あんたのこと、みんな知ってるんだしさ』

馬鹿《ばか》にしたように鼻で笑う声。

(軽蔑《けいべつ》されてる)

ただひとりの弟から、そんな風に思われていることがたまらなく嫌《いや》だ。

「愛人じゃない！　俺は、重俊さまの孫だ！」

嫌だと思った瞬間、春希は思わずそう叫《さけ》んでいた。

『はぁ？』

「嘘《うそ》じゃない!!　俺は重俊さまの孫で、あなたの兄だ！」

叫んですぐにバッと携帯を顔から離《はな》し、ブチッと電源を切る。

「………言っちゃった」

携帯を握《にぎ》る手が、小刻みに震《ふる》えている。

(繁樹さま、どう思っただろう)

信じてくれるだろうか？　気でも狂《くる》ったかとでも思われたかもしれない。言わなきゃよかったかも……。

混乱した春希は、身動きもせずエンドレスで同じことをぐるぐると考えた。

しばらくして、

「――なんだ、まだフリーズしてるのか」

カチャカチャとガラスが触《ふ》れ合う音と共に、苦笑するような平井の声が聞こえてきた。

「ほら、いい加減、携帯を離せよ」

握りしめたままの携帯を春希の手からもぎ取り、ギュッとその身体《からだ》を抱く。

「よく頑張《がんば》った」

「……言って、よかったのかな」

「俺はいいと思う。これで、春希のまわりも少しは変わる」

ぽんっと背中を叩《たた》かれ顔を上げると、平井は優《やさ》しく微笑んでいた。

「向こうに居辛《いづら》くなったら、こっちに来い。ひとり暮らしには飽《あ》き飽きしてるからな。歓迎《かんげい》するよ」

「ありがとう」

平井の優しい表情と真摯《しんし》な言葉に、春希の身体から緊張感《きんちょうかん》が抜《ぬ》けていく。

「喉渇《のどかわ》いてるだろう？　とりあえず一杯《いっぱい》飲もうぜ。——こっち来い」

見ると、部屋の窓際《ぎわ》のテーブルの上にウイスキーのボトルとグラスがあった。

春希は、嬉々《きき》としてベッドから足を降ろし、次いで軽く眉《まゆ》をひそめる。

「どうした？　身体、痛むのか？」

「痛くない……けど、足に力が入らない」

でも、ウイスキーは飲みたい。

手を貸してと頼むと、平井はなにやら嬉《うれ》しそうに応じてくれた。

「ソーダ？」

椅子《いす》に座った春希は、テーブルの上にある邪魔者《じゃま》に目をとめた。

「ああ。今日からは、家でもこれだ」

「今まではロックで飲ませてくれてたじゃないか」

「今まではな。でも今日からは禁止だ。俺は、釣《つ》った魚にはエサをやるほうなんでな」

その一環で健康管理もやってやると、平井がふたりぶんのグラスに氷を入れながら言う。

「……………一杯ぐらいストレートで」

そうっと手を伸《の》ばし、ウイスキーのボトルを取ろうとしたが、それを察知した平井に先を越《こ》された。

「駄目《だめ》だ。こういうのは最初が肝心《かんじん》だからな」

キュッと栓《せん》を抜き、グラスに琥珀色《こはくいろ》の液体を少量注ぐ。

「平井さんはけちだ」

春希がふてくされると、平井は苦笑《くしょう》した。

「外に飲みに行くときは、ストレートで飲ませてやるよ。デートに行く楽しみがあっていいだろう?」

「そういうものかな?」

春希はなにか騙《だま》されているような気がして、首を捻《ひね》った。

平井がソーダの瓶《びん》を手に取り、ふたつのグラスにそうっと注いでいく。

「……ウイスキーソーダは微妙《びみょう》だけど、この瞬間は好きだ」

春希は、テーブルに頬《ほお》をつけて、グラスを脇《わき》から眺《なが》めた。

透明《とうめい》な氷に触れたソーダがシュワシュワと白い気泡《きほう》を出して弾《はじ》け、グラスの底のほうでは琥珀色の液体がソーダにゆらっと混じり合っていく。発泡《はっぽう》が収まると、グラスの中では小さな気泡が次から次へと、水面に向かってちらちらと揺《ゆ》れながら昇《のぼ》っていく。

そのさまはなんだか可愛《かわい》い感じがするし、光に透《す》かすと、とても綺麗《きれい》だ。

春希がグラスの中の気泡を視線で追っていると、グラスの中に邪魔者が現れた。

銀色の棒状のそれは、くるんと軽くグラス内の液体をかき混ぜると、すぐに外に出て行く。

「……そのマドラー」

マドラーを追うようにして、顔を上げる。

「凄《すご》く綺麗だ」

百合《ゆり》の花を模《かたど》ったマドラーの頭部の飾《かざ》りを見て、春希は目を見開く。

平井からマドラーを受け取り、しげしげと眺めてみる。

ふわっと柔《やわ》らかなラインを描《えが》いて反り返った、透かし模様の入った銀の薄《うす》い花びらの中央には、赤いルビーが大切そうに抱《だ》かれている。

「これ、俺のルビー？」

「そうだ。これなら、毎日使うだろうからな」

なかなかいいアイデアだろ？　と聞かれて、春希は綺麗な百合の花に視線を奪《うば》われたまま、深く頷《うなず》く。

平井が想《おも》いを込め、丁寧《ていねい》に作りあげてくれた花。

見つめている春希の唇《くちびる》もまた、花のようにほころんでいく。

「ひとつしかない、特別な花だ」

そしてきっと、世界で一番綺麗な花。

くるん、と指先で花を回すと、ルビーに反射して生じた赤い光が銀の花びらを淡《あわ》く染める。

「しかも、絶対に枯《か》れない花だぞ」

大事にしてやってくれと言われて、春希はまた深く頷く。

ありがとうと言おうとしたが、お礼の言葉は、素敵《すてき》なカーブを描いた平井の唇に奪われ、消えた。

7

「——すまなかった」

翌朝、東条の屋敷《やしき》の離れに帰るなり、そこで待っていた重俊に頭を下げられた。

仰天《ぎょうてん》して、どういうことなのかと慌《あわ》てて聞く春希に、重俊は「知っていた」と言う。

「はい？」

「おまえが孫だということを、儂《わし》も知っていた」

その件に関しては、母親の生前からわかっていたのだと言う。

だが、春希自身は知らないものだと思っていたから、あえてそのことは言わずに、黙《だま》って面《めん》倒《どう》を見続けていたのだと……。

「自分が父親の子供じゃなく、婚姻《こんいん》中の母親の不義によって生まれた子供なのだと知れば、傷つくんじゃないかと思ったんだが……。まさか、おまえも知っていたとは」

余計な気遣《きづか》いをして、おまえを逆に苦しめていたんだなと、重俊がさらに頭を下げる。

重俊は、春希の電話で困惑《こんわく》した繁樹にどういうことだと問い詰《つ》められて、はじめて春希も事実を知っていたことに気づいたのだ。

そして同時に、繁樹の口から、お稚児《ちご》さん云々《うんぬん》の噂《うわさ》があることも聞いてしまったらしい。

「おまえが知っているのなら、もう隠《かく》す必要はない。おまえの名誉《めいよ》のためにも、おまえが儂の孫であることを公表する」

そう宣言されて、春希はまたしても仰天した。

いくらなんでもそれは駄目だ。それを公表すれば、正貴の妻であった女性だって不愉快《ふゆかい》な思いをするだろうと、止《や》めてくれるようにと説得する。

だが、重俊は頷かない。

東条の家を捨てて出て行った女より、今ここにいる孫のほうが大事だと言って……。

「ですが、繁樹さまは？」

そんなことを公表されて、不愉快な思いをしないだろうか？

それに関しても、大丈夫《だいじょうぶ》だと重俊は言った。

『あんたら、バッカじゃねぇの？』

お互《たが》いに血縁《けつえん》があることを知っていながら、それを口に出さないまま十年以上も同じ敷地内で暮らしてきた重俊と春希に対する繁樹の感想が、それだった。

『事実を隠して、お稚児さんを囲ってると思われたほうがよっぽど恥《はじ》だろうが。さっさと公表して、醜聞《しゆうぶん》を美談に変えろ』

そう言って、怒《おこ》っていたと……。

「だから、安心しなさい」

大丈夫、もう辛い思いはさせないからと重俊が言う。

(平井さんの言う通りになった)

平井の家から帰る車中、春希は平井に改めて頼《たの》み事をした。

繁樹に自分から白状してしまったことで、きっと東条の家は大騒《おおさわ》ぎになっているはず。

事実を知ったことで、みんなが不愉快な思いをしていたら、そのまま東条の家を出る。

そのときは平井の家に置いて欲しいと……。

平井は喜んで頷いてくれたが、同時にそうはならないとも言っていた。

『大丈夫。収まるところに収まるよ。俺が保証してやる』

そう言われて、背中を押されて東条の門を開けた結果が、これ。

(平井さんは、やっぱり凄い)

嬉しくて、少し涙《なみだ》が出た。


重俊が春希を孫だと公表した後、春希の周囲はかなり変わった。

重俊の付き添《そ》いで出歩いても、好奇《こうき》心むき出しの目で見られることはなくなったし、ひそひそと陰口《かげぐち》を叩《たた》かれることもない。

儂の孫だと重俊が口にしてくれる度《たび》、誰《だれ》の前であろうと、自然に微笑《ほほえ》めるようにもなった。

春希自身は、その後、離《はな》れから母屋《おもや》へと引っ越した。

重俊が春希を離れに住まわせることにしたのは、母屋で自分達と暮らすより、ひとりでいたほうが肩身の狭《せま》い思いをせずに済むだろうと気を遣った結果だったらしい。

だが、これからは同じ屋根の下で一緒《いっしょ》に暮らそうと言ってくれた。

母屋にもらった春希の部屋には、赤い実を抱いた百合がいつも綺麗に咲《さ》いている。


職場も、それなりに変わった。

今野はというと、いきなり会社を辞《や》めた。

会社側から退職を求めたわけではなく、自分からそうしたのだ。

春希は、今野が誰に対してであれ二度とああいう卑怯《ひきょう》なことをしなければ許すつもりだったから、少々驚《おどろ》いた。

三池曰《いわ》く、「社に残ったとしても、今回の件をネタにずっといびられ続けるに違《ちが》いないとでも思ったんじゃないですか」だそうだ。

彼自身が、そういうタイプの人間だから、人も同じことをすると思っているのだと……。

今野から、三池が室長の椅子《いす》を狙《ねら》っているから気をつけろと言われたことを話すと、それは逆だと言われた。

上昇《じょうしょう》志向が強く、人を踏《ふ》み台にしたがっていたのは、今野自身。

のほほんと室長補佐《ほさ》の地位を享受《きょうじゅ》し続けている三池のことを、常々目の上のたんこぶだと排《はい》除《じょ》したがっていたのだとか……。

「私に、三池さんを排除させようと考えてたんでしょうか？」

「たぶん。でも室長はそれをしなかった。むしろ、大人しく私の教えを受けているのを見て、私に懐柔《かいじゅう》されたとでも思ったのかもしれないですね」

そっちで役に立ってくれないのならば、違う方向で役に立ってもらおうと、今度のことを画策したのだろうと三池が言う。

もうひとりの当事者、コーダの福沢は、銀行頭取の娘婿《むすめむこ》である社長からこっぴどく叱《しか》られたのち、三ヶ月の減給処分になったのだそうだ。

春希の名誉を考慮《こうりょ》したのと、コーダが子供や女性対象の企業《きぎょう》であるだけに、その処分の原因は公表されなかった。

それ以外の部下達との関係は、今ではかなり良好だ。

みんなが春希相手に微妙《びみょう》な態度を取っていたのは、春希の仏頂面《ぶっちょうづら》や無能さに困惑していたからではなく、『室長』という地位にある人物に対するわだかまりがあったせいだったのだ。

三池に言わせると、「前任の室長ですか？　縁故《えんこ》採用をいいことに大きな顔をして、無能で無責任で無駄《むだ》なことしかしない人でしたよ」ということらしい。

楽しく華々《はなばな》しい席には出て行くのだが、面倒なことは一切《いっさい》しないし、トラブルを起こしては無責任にもいずこかへ姿を消すのが常套手段《じょうとうしゅだん》で、部下達は常に煮《に》え湯を飲まされていたのだとか……。

同じく縁故採用の春希が室長の座につくということで、みんな、最初からかなり警戒《けいかい》していたらしい。

「それなのに、蓋《ふた》を開けたら、この通りでしょう？」

（この通りって、どういうことだ？）

三池の言葉に首を傾《かし》げつつも、少しだけ納得《なっとく》した。

縁故採用の春希の態度が、予想とはあまりにも違いすぎて、みんなも困惑していたのだ。

でもコーダとのトラブルの際、春希が自ら進んで謝罪に行ったことで、みんなの困惑は好意に変わった。

今では向こうから話しかけてくれるようになったし、仕事もすんなり手伝わせてもらえる。

本当にこんな仕事を任せてしまっていいんですか？　とたまに聞かれるが、秘書として外に出向くよりはずっといいと素直《すなお》に答えては部下達から失笑《しっしょう》を買っている。

春希は、人と一緒に働くことの楽しさを、少しずつ感じはじめていた。

それでも、やっぱり自分は秘書には向いていないと思っているから、重俊にもその旨《むね》をはっきりと伝えてみたのだが、全然聞いてもらえていない。

「いずれ繁樹が社長になったとき、おまえが側《そば》でサポートするんだぞ」

などと自分的素敵《すてき》計画を夢みては、楽しそうにしている。

愛人の子である自分が、あまり表に出るのはまずいのではないかといまだに思うのだが、重俊は気にしちゃいないようだ。

三池にそのことで少しだけ愚痴《ぐち》を零《こぼ》したら、会長の夢はかなわないでしょうねと笑いながら言っていた。

腹芸のできない春希は、実際に秘書としては役に立たない。それに美人で目立ちすぎるから、秘書室に隔離《かくり》しておいたほうがトラブルにならなくていいと……。

（……隔離？）

いちいち首を傾げるようなことを言う人ではあるものの、とりあえず社内に理解者がいてくれることは心強い。

週末になると、春希は平井の家に泊《と》まりに行く。

屋敷《やしき》の庭に綺麗《きれい》に咲いた花が目に留まると、それも持って……。

今日はシングル咲きのオレンジ色のダリア。

平井の庭に同じものがないのは確認《かくにん》済みだ。

呼び鈴《りん》を鳴らしても返事がないときは、もらった鍵《かぎ》で勝手にドアを開けて中に入る。

（……やっぱり仕事中か）

古いビルに借りていた店舗《てんぽ》では、あまり真面目《まじめ》に仕事はしてなかったんだと平井は言っていたが、それが事実であることを最近になって春希は知った。

自宅の作業場で仕事をするようになった平井だが、本気で仕事に没頭《ぼっとう》すると周囲の気配に無頓着《とんちゃく》になり、呼び鈴を鳴らそうと携帯《けいたい》を鳴らそうと、まったく反応しなくなる。

仕事中だった平井の邪魔《じゃま》をしないよう、春希はキッチンで勝手に花瓶《かびん》になりそうなものを物色して花を活《い》ける。

少しぐらい音を立ててもまったく気づかないぐらい集中しているから、こういうときは気を遣《つか》わなくて済んで便利だ。

(よし)

綺麗に活けた花を手に、どこに飾《かざ》ろうかと平井の家のLDKをうろうろしていると、

「——春希か?」と、仕事場のほうから声をかけられた。

「そう」

花を手に仕事場に行くと、ダリアを見た平井が嬉《うれ》しそうに微笑む。

「いいな、それ。明るい色だ。……ここに置いといてくれよ」

平井が仕事用の長いテーブルの端《はし》に手を伸《の》ばし、トントンと指先で叩く。

「仕事の邪魔にならない?」

「大丈夫《だいじょうぶ》だ」

安心した春希は指示された場所に花を置いた。

「平井さんの今日の予定は?」

「あー、悪い。もう少し仕事」

「ここで仕事を見ていてもいいかな」

「もちろん」

平井の仕事を眺《なが》めているのが好きな春希は、嬉々《きき》として邪魔にならない場所まで椅子を引っ

張ってきて座った。

「──で、今日はなにがあったんだ？」

「なにって？」

「いいことがあったんだろう？　そういう顔をしてる」

「そ、そうかな」

春希は、慌《あわ》てて両手で頬《ほお》を包む。

以前は仏頂面が悩《なや》みだったのに、最近は知らず知らずのうちに微笑《ほほえ》んでしまっていることが悩みの種になりつつある。

幸せな悩みだとは思うのだが……。

白状しろと平井に言われて、春希は困惑《こんわく》気味に首を傾げる。

「仕事するんじゃないのか？」

「集中しなきゃならないところは終わったから、もう平気だ」

だったらいいかと、春希は「誕生日プレゼントを渡《わた》した」と白状した。

「弟にか？」

「そう。──気に入ったって」

そう言って、春希の目の前で、シルバーのバングルを身につけてくれた。

似合うと言ったら、当然だと唇《くちびる》の端を軽く上げて笑ってくれて……。

（はじめて笑いかけてくれた）

それが、とても嬉しい。

「平井さんのお陰《かげ》だ。ありがとう」

「役に立てたのならよかった」

平井は穏《おだ》やかに微笑むと、再び作業を再開させた。

いま取りかかっているのは、北斗に紹介《しょうかい》された銀行の頭取の仕事だ。

アレキサンドライトの指輪を作ってくれと依頼《いらい》されたらしいのだが、その宝石の色合いをひとめ見た平井は、指輪ではなくブローチか帯留めを作りたいと言い出し、けっきょく帯留めを作ることになった。

頭取の奥様が大喜びしたから結果的にはそのほうがよかったと、紹介した北斗は笑っていた。

アレキサンドライトの他《ほか》にも幾《いく》種類かの宝石を使って、蝶《ちょう》を模《かたど》ったエキゾチックなデザインになるらしい。

今はその小さな部品を、ひとつひとつ作っている最中だ。

「もうひとつ、話してもいい?」

「もちろん」

「こっちは、ちょっと微妙な話だけど……。——昨夜、お祖父《じい》さまが写真を見せてくれた」

「なんの写真?」

「正貴さまの写真。……それも、母さんが一緒《いっしょ》に写ってるのを」

大学時代、ふたりが普通《ふつう》の恋人《こいびと》同士として過ごしていた頃《ころ》の写真だった。

「母さん、凄《すご》く幸せそうに微笑んでた」

薄化粧《うすげしょう》の顔に浮《う》かぶ微笑みは、たぶん今の春希のそれと似ている。

その耳には、あのルビーのピアスが光っていた。

「あのピアス、正貴さまからのプレゼントだったんだ」

東条家に伝わっていたルビーを加工しなおしたもので、当時のふたりにとっては、婚約指輪《こんやくゆびわ》のような意味合いがあったらしい。

母親にとっては、幸福な未来を夢みていた頃の思い出の品だったのだろう。

その後、正貴に政略結婚《けっこん》の話が出て、ふたりはいったん別れることになる。

春希の記憶《きおく》の中の彼女は、いつも不安を呼び起こすような歪《ゆが》んだ微笑みを浮かべていた。

だから彼女の幸福そうな笑顔《えがお》を見られたのはとても嬉しいし、こんな幸福な時代もあったことを知って、なんだか安堵《あんど》もした。

だが同時に、彼女がどんな気持ちで、あのルビーをずっと身につけていたのかと思うと胸が痛んだ。

「どうして、あのままでいられなかったんだろう」

あの写真を撮《と》った頃、今の幸福を見失うことがあるなんて想像もしていなかったはずだ。

あの微笑みを浮かべたまま、生きていければよかったのに……。

「そういうことを考えてたら怖《こわ》くなった」

好きで不幸になったわけじゃない。

きっと、どうしようもなかった。

「いつか俺も、あんな風に笑うようになるのかなって……」

今は自然に浮かんでくるこの微笑みが、彼女のように歪む日が来るかもしれない。

そんなことを思って、怖くなる。

「――春希」

作業の手を止めた平井が歩み寄ってきて、目の前にしゃがんで春希の手を取る。

「君とお母さんは同じじゃない。……わかってるか？」

聞かれて、深く頷《うなず》く。

「ちゃんとわかってる。……ただ、ちょっと……」

わかっているつもりだ。

幸福も不幸も、そこに至る道を選ぶのは、ここにいる自分自身だと。

「……今が凄く幸せだから、余計に怖くなっただけで」

この先もずっとこの幸福が続けばいいけど、と……。

少し前までの春希は、こんな不安を知らなかった。

だからこそ、手に入れた幸福があまりにも大切すぎて、失うのが怖いと意味もなく怯《おび》えてしまう自分の心をうまく宥《なだ》めることができない。

「俺、けっこう欲張りだったんだな」

苦く微笑むと、「そんな風に笑うんじゃない」と、平井の手が頬に触《ふ》れた。

「大丈夫だ。――春希のルビーは、ずっと綺麗《きれい》に咲《さ》いたままだから……」

「……ああ……そうだったっけ……」

母親のピアスは片方なくなってしまったけど、春希のルビーは決して枯《か》れない花だ。

だから、そう、きっと大丈夫。

「俺は、修理もリフォームも得意だからな。この先、なにがあっても、ちゃんと綺麗に咲かせてやれる。――春希は、ずっと幸せでいられるんだ」

な？　と笑いかける平井の明るい笑顔と、確信に満ちた声。

それは、まるで一陣《いちじん》の風のように、春希の心の中の不安を吹《ふ》き払《はら》っていった。


（やっぱり、平井さんは凄い）

その明るさで、春希の視界をいつも明るくしてくれる。

闇《やみ》が晴れれば、不安は和《やわ》らぐもの。

そして視界が広がれば、選択肢《せんたくし》も増える。

その中で、心が本当に望む道を進めばいい。

側《そば》にいてくれるこの人の気配を温かく感じながら……。

「わかった」

平井の手の平に包まれたまま、春希は花のように微笑んだ。

はた迷惑な瞳

「待ってください」

呼び止める声と駆《か》け寄ってくる足音に、繁樹《しげき》は足を止めた。

声の主は、つい先日、異母兄弟だと判明したばかりの兄、春希《はるき》。

振《ふ》り向いた先にある顔は、はっとするほどに美しい。

まるで精巧《せいこう》に作りあげられた美術品のように魅力《みりょく》的なその顔。少し不安げに見つめてくる、吸い込まれそうに蠱惑《こわく》的な長い睫毛《まつげ》に縁取《ふちど》られた切れ長の瞳《ひとみ》。

ひとめ見て、繁樹は心の中で舌打ちをする。

（……ったく）

その声を聞いたときに心構えはできていたというのに、それでも一瞬《いっしゅん》とはいえ見蕩《みと》れてしまったことがなんとも悔《くや》しい。

兄弟だとわかる前、ふたりは同じ敷地《しきち》内にある違《ちが》う家屋で生活していたから、滅多《めった》に顔を合わせることはなかった。遠くからたまに見かける春希は、たいてい無表情。たまに軽く眉《まゆ》をひそめ、キッと唇を引き結んで不愉快《ふゆかい》そうな顔をしているのを見かけたこともある。

だが、それも無理はない。

この屋敷に引き取られて以来、彼はかなりひどい陰口《かげぐち》に晒《さら》され続けてきた。それでも、反論ひとつせず、じっと我慢《がまん》していたのだから……。

そんな彼の表情が、ふと変わる瞬間がある。

それは、繁樹の姿を目に止めたとき。

蠱惑的な目を切なそうに細めてこちらを見つめ、薄《うす》い唇《くちびる》をもの言いたげにふるわせて……。

（…………くそっ、苛々《いらいら》する）

繁樹は、魅力的な顔を睨《にら》みつけると、「なに？」と少し棘《とげ》のある口調で聞いた。

「あ……、あの、繁樹さ……ん」

春希がためらいがちに口を開く。祖父から、弟である繁樹のことを『さま』づけで呼ぶなと言われたらしく、名を呼ぶ声が妙《みょう》にぎこちない。

「三日後、誕生日ですよね。少し早いけれど、これを……」

春希が革張《かわば》りのジュエリーケースを差し出してくる。

くれるもんならもらっとくと無造作にそれを受け取り、蓋《ふた》を開けると中にあったのはシルバーのバングルだった。

表面に十字架《じゅうじか》をモチーフにした模様が刻み込まれ、所々にオニキスがはめ込んである。

「……へえ、あんたにしちゃ、珍《めずら》しく趣味《しゅみ》がいいな」

無造作につけられるデザインなのに品があって、年齢《ねんれい》を重ねても使えそうな感じだ。

「あの、それ、ジュエリーデザイナーの知人に特注して造ってもらった品なんです。だから、世界でたったひとつ、繁樹さ…んだけしか持ってません」

「どうりで……」

大量生産の品とは雰囲気《ふんいき》が違《ちが》うはずだと、繁樹は納得《なっとく》した。

バングルを取り出し腕《うで》に嵌《は》めてみたが、滑《なめ》らかな嵌め心地《ごこち》でしっくりと腕に馴染《なじ》む。

「気に入った」

ボソッと呟《つぶや》くと、春希はほっとしたようだった。

「とても、よく似合います」

「当たり前だ」

そう答えた途端《とたん》、目の前の顔が嬉《うれ》しそうにふんわりと微笑《ほほえ》む。

まるで、固く閉じていた蕾《つぼみ》が、花開くかのように……。

(……くそっ)

またしても、見蕩れてしまった自分が悔しい。

十年以上前にも同じことがあったのだ。

繁樹の両親は決して仲のいい夫婦《ふうふ》ではなかったが、それでもぎりぎりのところで均衡《きんこう》を保ち、繁樹はとりあえずは平和な子供時代を過ごしていた。

その均衡を壊《こわ》したのが、父親の事故死。

しかもそのとき、父親は愛人と一緒《いっしょ》にいたのだという。

その事実を聞いた直後、母親は葬式《そうしき》も終えないうちに妹の手を引いて家から出ていった。

その後、祖父の口から、その愛人の遺児を引き取ることにしたと聞かされて、幼かった繁樹は心の底から嫌悪《けんお》して怒《おこ》りまくった。

春希が東条家をはじめて訪《おとず》れることになった日、直接本人に文句を言ってやろうと門のところで待ち伏《ぶ》せし、そして訪れた春希の目の前に飛び出したのだ。

飛び出した繁樹の姿を認めた瞬間、春希は目を見張り、そして微笑んだ。

会えて嬉しいと言わんばかりに、ふんわりと……。

その眩《まばゆ》い笑顔《えがお》に、繁樹は一瞬見蕩れた。

見蕩れた自分に腹が立って、なんだか春希に負けたような気もして、叫《さけ》んだのだ。

——おまえなんか死ね！

そして、それ以降、春希は笑顔をまったく見せなくなった。

硬《かた》い表情を浮《う》かべる彼を遠くから見て、自分のせいかと罪悪感を覚えたこともある。

自分の立場からすればあれは当然の言動だったと、幼い日の自分の行動を正当化しようと言いきかせたり……。

（……でも、もう笑えるんだな）

幼い日に、自分が投げつけた悪意は、彼の中で溶解《ようかい》して消えてしまったのだ。

ほっとすると同時に、なにか悔しくもある。

（いったい、誰《だれ》の影響《えいきょう》なんだ？）

以前は、会社と屋敷の往復ばかりだったのに、最近は違う場所にも出入りしているようだ。

友達ができたのだと、祖父には話しているらしい。

その友達が、春希の心を癒《いや》したのだろうか？

そいつは、この微笑みを、いつも堪能《たんのう》しているんだろうか？

「今日中に渡《わた》せてよかった」

「この週末も、友達んところに泊《と》まりか？」

安堵《あんど》している春希に、ふと気になって聞いてみた。

最近の春希は、週末になると、必ずどこかに泊まりがけで遊びに行くのだ。

春希は、「はい」と微笑みを浮かべたまま頷《うなず》いて、少し恥《は》ずかしそうに目を伏《ふ》せる。

あまりにも扇情的《せんじよう》なその一連の表情に、繁樹は思わず狼狽《うろた》えた。

「そ、それって、恋人《こいびと》なんじゃねぇの？」

「え、あ……。――はい」

目を上げた春希は、ふわっと幸福そうに微笑んだ。

その途端、繁樹は、ガツンと頭を殴《なぐ》られたようなショックを受けた。

「ええっ!!　マジで!?」

その恋人という奴《やつ》が、春希に微笑みを取り戻《もど》したのか。

ショックを受けている自分自身もまたショックだった。

春希に恋人なんか作って欲しくないと感じている、その理由を自覚してしまって……。

（……いや、でも……。この顔を見て育って、惑《まど》うなってほうが無理だって……）

繁樹の部屋の窓を見上げる、切なそうなその顔と蠱惑的な瞳。

これほどに綺麗な人間を、繁樹は他《ほか》に知らない。

反発しながらも、どうしても魅了《みりょう》されずにはいられなかった。

自覚してなかっただけで、繁樹はこの目の前の綺麗《きれい》な顔にずっとずっと恋をしていたのだ。

そして、そのことに気づいた途端、失恋《しつれん》してしまっていたわけで……。

（……なんて、はた迷惑《めいわく》な奴）

かわいさ余って憎《にく》さ百倍、と目の前で恥ずかしそうに微笑んでいる顔を思わず睨みつける。

「……あ、こういうことって、あんまり口にしないほうがいいんでしょうか？」

そのきつい視線に、春希はふと困った顔をした。

「いや、別に……。あんただって、いい大人なんだし……。でも、わざわざお泊まりの報告なんかする必要はないんじゃねぇの。夕食がいるかいらないかだけ知らせときゃいいんだ」

というか、繁樹が知りたくない。

失恋したとはいえ、長年魅了され続けていた相手が、今から他の誰かとイチャイチャしに行くなどとは……。

「でも……。お祖父《じい》さまが心配するから……」

春希が、ひどく困った顔で首を傾《かし》げる。

どうやら、重俊と繁樹との意見の間で板挟《いたばさ》みになって困惑《こんわく》しているようだ。

（知るか、ばーか）

失恋したばかりの短気な弟は、勝手に困ってろと、困惑する美しい兄にプイッと背を向けた。

あとがき

こんにちは、もしくは、はじめまして。

黒崎あつしでございます。

梅雨《つゆ》真っ最中。わざと熱いものや辛《から》いものを食べては、もう汗《あせ》だくーっと愚痴《ぐち》をこぼしてます。これが、なんかすごく楽しい。

……けど、毎年恒例《こうれい》の汗疹《あせも》も順調に発生中で痒《かゆ》いです。

梅雨があけるとおさまるんですけどね。

さてさて、今回の作品『ジュエリーは恋に酔う』、年の差かなり縮まりました（当社比・笑）。

前作で真面目な高校生を書いた反動で、駄目《だめ》な大人《おとな》を書いてみたくなりまして……。

もや～んと生温かい感じのお話を目指してます。

少しでも楽しんでいただけたら幸いです。

今作のイラストは、明神翼先生に引き受けていただけました。
艶々《つやつや》と麗《うるわ》しいイラストにうっとりしてます。
本当にありがとうございます。

担当さん、毎度ハラハラさせてしまってごめんなさい。
優柔不断《ゆうじゅうふだん》で寝《ね》ぼけ癖《ぐせ》のある困った奴《やつ》ですが、これからもどうかお見捨てなきよう、よろしくよろしくです。

この本を手に取ってくださった皆《みな》さまにも感謝を。
読んでくれて本当にありがとう。
皆さまが、少しでも楽しいひとときを過ごされますように。
またお目にかかれる日がくることを祈《いの》りつつ……。

二〇〇八年七月

黒崎あつし

KADOKAWA RUBY BUNKO
ジュエリーは恋《こい》に酔《よ》う
黒崎《くろさき》あつし

角川ルビー文庫 R65-23 15262

平成20年8月1日 初版発行
平成20年11月15日 3版発行

発行者――井上伸一郎
発行所――株式会社角川書店
東京都千代田区富士見2-13-3
電話/編集(03)3238-8697
〒102-8078
発売元――株式会社角川グループパブリッシング
東京都千代田区富士見2-13-3
電話/営業(03)3238-8521
〒102-8177
http://www.kadokawa.co.jp
印刷所――暁印刷 製本所――BBC
装幀者――鈴木洋介

本書の無断複写・複製・転載を禁じます。
落丁・乱丁本は角川グループ受注センター読者係にお送りください。
送料は小社負担でお取り替えいたします。

ISBN978-4-04-442223-3 C0193 定価はカバーに明記してあります。

©Atsushi KUROSAKI 2008 Printed in Japan